U0486380

猫侍 ②

[日]亚夷舞萌子/著 李庆保/译

重庆出版集团
重庆出版社

版贸核渝字(2014)第18号
Neko Samurai Volume 2:
©2013 Neko Samurai Project
©2013 Hisakatsu Kuroki/Moko Aimai/AMG Publishing
Rights Arranged Through Peony Literary Agency

图书在版编目(CIP)数据

猫侍.2/(日)亚夷舞萌子著;李庆保译.-- 重庆:重庆出版社,2016.7
ISBN 978-7-229-10670-6

Ⅰ.①猫… Ⅱ.①亚… ②李… Ⅲ.①长篇小说—日本—现代 Ⅳ.①I313.45

中国版本图书馆CIP数据核字(2015)第269477号

猫侍2
MAO SHI 2
[日]亚夷舞萌子 著 李庆保 译
责任编辑:李 梅
责任校对:刘 艳
装帧设计:九一设计

重庆出版集团 出版
重庆出版社

重庆市南岸区南滨路162号1幢 邮政编码:400061 http://www.cqph.com
重庆市国丰印务有限责任公司印刷
重庆出版集团图书发行有限公司发行
E-MAIL:fxchu@cqph.com 邮购电话:023-61520646
重庆出版社天猫旗舰店
cqcbs.tmall.com
全国新华书店经销

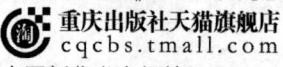

开本:889mm×1194mm 1/32 印张:6 字数:100千
2016年7月第1版 2016年7月第1次印刷
ISBN 978-7-229-10670-6
定价:26.80元

如有印装质量问题,请向本集团图书发行公司调换:023-61520678

版权所有 侵权必究

猫侍 2

目录
CONTENTS

第 1 章 | 1
第 2 章 | 38
第 3 章 | 72
第 4 章 | 107
第 5 章 | 137
终 章 | 174

第 1 章

又是一个爽朗的清晨,金色的阳光洒向大地。

阳光透过鬼灯长屋的拉门照进屋内,宣告新的一天的到来。

早起的麻雀们聚集在屋顶上叽叽喳喳,像是在说:今天又是一个好日子!听到外面的声音,玉之丞在狭小的壁橱里慢慢地睁开了眼睛。

它首先探出头来,然后伸出前脚不紧不慢地爬了出来。

因为一时不适应外面的光线,它眯着眼睛,前脚挺立着舒展了一下后背。

然后它张开嘴打了个大大的哈欠,又迈开前后脚走动了几步,摇了摇白尾巴。最后抖动了一下全身,早操算是结束。

"喵呜。"

随着玉之丞的一声叫,主人有些不悦地睁开了眼睛。

此人名曰斑目久太郎。

无双一刀流的剑术师,目前无业。

一声猫叫就能醒来,是因为武士的习惯,还是因为作为猫的主人的一种自觉呢?还是先不讨论这个吧。他看看屋外的亮光,挠了挠脖子嘟囔了句:"天亮了啊……"

久太郎掀开被子坐起来,与此同时寺里的晨钟也响了。

他来到后院,用井水湿了湿毛巾擦脸。用凉水洗过后顿觉神清气爽。回到屋内,玉之丞也在用舌头仔细地舔舐着身上的毛。看到这样的情景,久太郎的心完全平和了下来。玉之丞的归来给他带来的幸福感,让他的身心都感到很舒坦。

打开门,一股清风吹了进来。

干脆就敞着门吧。

把朝后院的拉门也打开,让屋内污浊的空气都吹走。这样,在一天开始的时候,让昨天的房间变成了"今天"的。

久太郎在玉之丞的旁边坐下，摸摸它的背。

"不知从什么时候开始，已经习惯了听着你的声音醒来。"

他无意识地望着外面，对玉之丞说道。

刚说完，忽然想起什么似的，用手摸了摸额头。

啊……我怎么和猫说话了……

他重新又用毛巾擦了一遍脸。

猫喜欢狭小的地方，总喜欢往一些隙缝中钻。不过，久太郎的房间太小，像家具与墙壁之间的隙缝这样的地方几乎没有。但是，玉之丞似乎很中意放在壁橱里面的那个鱼篓子。因为它待在里面总是不出来，久太郎只好连鱼篓子一起抱着往猫见屋方向走去。

不过，走到半道中，久太郎忽然觉得这是个很不错的方法。

现在全城的人都知道有人杀了玉之丞，但千万不能让他们知道凶手就是久太郎。所以，用这个鱼篓子可以说是个好方法。

首先，可以把玉之丞藏起来。

其次，双手比较自由。

也不用担心抱在怀里会被它抓着。

真是一举多得啊！久太郎边走边想，不觉来到了河堤边。

河水清澈，周围草木葱葱，绿意盎然。岸边几个孩子正在玩耍嬉闹。

他没走几步，就看到了若菜的货摊，空气中飘来了炸甜喵棒的油味和香味。听到摊主在大声招揽着顾客，但不见一个人停下脚步购买。

"瞧一瞧看一看啊！南蛮传来的甜喵棒，香甜可口喵！"

久太郎准备从她摊前直接走过去，这个不善言辞的男人从不主动和别人打招呼。他一边看着若菜，一边顺着河堤往前走。

若菜熟练地捏出一个个甜喵棒，放进油锅里激起"噼噼啪啪"的响声。

"早上好！"

若菜发现了久太郎，满面笑容地和他打招呼。

久太郎对她那开朗的笑容感到无法理解。明明穷困潦倒，她怎么就能笑得出来呢？

"今天还是一个都卖不出去啊！最近这附近好像开了一家奇怪的店。"

"……可你不是还笑得挺开心吗？"

"笑脸招福嘛。"若菜笑得更加欢快。

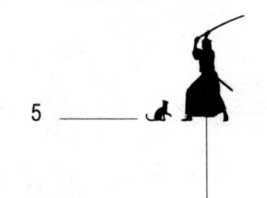

"……真是没心没肺。"

若菜用手指在久太郎阴沉沉的脸上戳了一下道:"恶脸招来鬼哦!"

魔鬼没有,倒是有几个穷鬼在长屋安下了家。

鬼没有来,倒是来了一只猫。

久太郎看了一眼鱼篓子,玉之丞正安静地蜷在里面。

这时,有客人来到了摊前。

"你好!给我来一个甜喵棒。"

"看吧,福来了!"若菜得意地看着久太郎,随即跑回货摊边。

"多谢惠顾喵!"

幸福还是不幸福——看一下她的脸便明白了。

◆

"不发烧,脉搏正常,毛色也没话说。"

玉之丞舒服地趴在检查台上,喉咙里发出"呼噜呼噜"的声音。猫见屋老板娘阿七的手法哪里像是检查,就像是特地要把玉之丞弄舒服似的。

玉之丞被轻柔地抚摩着喉咙,样子看起来很舒服。

"也看不出有焦躁的情绪。好吧,那就让姐姐陪你玩一会吧。"

只见她手里拿着逗猫用的狗尾草,也不知是从哪拿出来的。

她先是小幅挥动着狗尾草试探,吸引玉之丞的注意。玉之丞伸出小小的前爪,专心致志地开始追逐捕捉。看到狗尾草伸到面前,它立刻扑上去,没能抓住,又接着往前追,精神抖擞地在检查台上跑来跑去。

阿七意味深长地看了久太郎一眼,逗孩子似的和他开着玩笑。

……这女人真讨厌。

久太郎在心中表达不满。

"咳咳。"阿七忽然调整了一下声调。

"玩耍就到这里。"

"?"

阿七拿起手边的一个算盘开始拨起来。

"诊疗费二百文,药费一两,共计一两二百文。"

阿七故意提高腔调说着,动作嗒嗒地把算盘伸过来,还有一张写有到今天为止的欠账的纸条。

然而,久太郎现在不可能一下子拿出这么多钱。

虽然有妻子送还回来的钱，但要是用掉的话后面的生活就没有任何指望了。

"……先赊着。"

"不行。"

阿七像歌舞伎[1]演员似的在久太郎面前伸了一下手掌，果断拒绝了。

久太郎的钱袋子里现在只有一点点钱，根本付不起。如果把这点钱都付给她，自己今后的生活就没了着落。

真讨厌，不通情理的女人！

他再次在心中骂道。

他讨厌身无分文而挨饿的感觉。

久太郎正在考虑编个什么理由，阿七灵机一动说道：

"对了，你不是擅长剑术吗？"

"我乃无双一刀流真传弟子，人称'天下之斑鬼'。"

"没听说过呢。这外号不会是你自己起的吧？"

"怎么可能！"

阿七收起算盘，"啪啪"拍了拍手道：

---
[1] 起源于江户初期的日本代表性戏剧。

"总之呢,我这有一个非常适合你'鬼瓦'[1]先生的工作。"

久太郎本想订正说是"斑鬼",又一想,人家这是故意戏弄我,纠正了反而显得自己愚蠢,就没说了。

"这边来。"

阿七怀抱玉之丞,把久太郎带到了猫见屋的后院。

这是一个被灌木丛包围的小院,堆放着休息用的凳子和大量的柴火。柴堆的旁边有一个树墩,一把斧头插在上面,周围零落地放着很多用来给流浪猫喂食的盘子。

已经有几只猫在这里,随意地躺在凳子上或地上。

"给我好好干哦!"

阿七拍拍他的肩膀准备走,但久太郎站在那一动不动。

他看着阿七,脸上似乎在说:难道让我干这个?

"这个你很拿手吧?"

阿七单手做挥刀的动作,似乎想说:不是一样的吗?

然而,久太郎的眉头还是越皱越紧,谁都看得出来,他很不情愿,还是不愿意拿斧头。

---

[1] 屋脊两端用作装饰的兽头瓦,这里是阿七将"斑鬼"误读作"鬼瓦"。

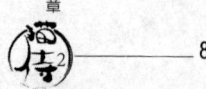

阿七又把算盘拿过来拨弄起来。

"治疗费是……"

"知道了,知道了!"

久太郎拿起斧头,深深地叹了口气。

◆

"啊……啊……小玉呀,你在哪里?"

这是在加贺屋。

与左卫门正躺在那间被称作猫屋的房间的床上。今天似乎比往常惊叫得更厉害,女佣很担心,去叫佐吉。正在前台看账簿的佐吉只好起身来到了里屋。

原以为没了玉之丞与左卫门会恢复正常状态,没想到会变成这样,佐吉的脸上一半是为难一半是担心。

"老爷,我来了。"

厚厚的羽绒被下面是刚更换的榻榻米,壁龛的墙上挂着漂亮的挂轴,这一切都是这位优秀的店主所拥有的。要不是被那只猫给迷惑,就更加完美了。

佐吉坐到主人的被褥旁边，轻轻将与左卫门摇醒。

"老爷，您没事吧？"

"啊……啊啊啊！"

与左卫门大叫着掀开被子坐了起来。

大颗的汗珠从额头和胸前往下流。

"又做噩梦了吗？"佐吉给主人递了条毛巾，关心地问道。

"不，不是。"

"哎？"

佐吉一脸疑惑。与左卫门接过毛巾自己擦了擦汗，非常认真地说道：

"梦里没有出现玉之丞。"

"……"

接着与左卫门仰面朝天，像是祈求神佛似的呼喊道：

"哪怕是噩梦也好啊，玉之丞，你快点出现吧！"

佐吉满脸无奈地从房间走了出来。

来到主人听不见的地方，佐吉在走廊上大大地叹了口气。

然后跟女佣和手下说了句"我出去一下"，向门口走去。

◆

我是一个追求剑术极致的人!

"咔嚓",一根柴火被劈成了两半。

一切挡在我斑鬼面前的东西,皆斩之!

又一根柴火变成了两半。

他一直一声不吭。

不过,他一边劈柴一边在心中不断想象着砍倒敌人的情景。劈开的柴火横七竖八地躺在地上。

每"咔嚓"一声,睡在旁边鱼篓子里的玉之丞便动一下耳朵。

又一根柴火被劈开,玉之丞的耳朵又动一次。

就算是柴火我也会毫不留情!

"喔喔喔喔喔!"他高吼几声。

抡起斧头,如闪电般一挥而下。

一声清脆的声音,柴火丝毫不差地一分为二,飞向两边。猛力挥下去的斧头,深深地嵌入了树墩里。

还挺好玩的……

久太郎放下斧头,开始收拾劈好的柴火。

刚才被劈柴的声音弄得耳朵一抽一抽的玉之丞，好像又听到了什么不同的声音，把整个头抬了起来，朝声音传来的方向看了看，慵懒地打了个哈欠。

这时，久太郎也听到了有人在草丛中走动的声音，便停下了手里的活。

"辛苦啦！休息一会儿吧。"

原来是阿七端着个茶盘来到了后院。茶盘上放着饭团和两杯茶水。阿七把茶盘放到凳子上后，自己先端起一杯。

看到她进来后，院里的几只猫都围拢了过来。有黄毛的、黑毛的、花毛的，也有像玉之丞一样全白的。这些流浪猫都喜欢阿七做的猫咪饭，所以今天又来了。

阿七见状马上站起来，从兜里掏出猫食，一个一个均匀地分发到每个盘子里。

阿七抚摸着这些猫儿，露出了会心的微笑，这是她最开心的笑容。

她自费制作猫咪饭，又开发对付跳蚤的肥皂，都是为了这些猫儿们。

那些猫回到盘子边津津有味地吃了起来。看到它们都能平等地吃到，阿七抱起玉之丞回到凳子上坐下。她开心地看着那些猫，把年龄最小的玉之丞抱在怀里，直接喂给它吃。

玉之丞用小小的舌头专心致志地舔着她的手，看起来很满足，很幸福。

就在猫儿们进食的同时，久太郎也拿起了饭团大口吃了起来。

可能是被玉之丞舔得手发痒，阿七忍不住笑了出来。

偶然看到这一幕的久太郎却误解了。

莫非这也是要钱的……

他立刻把饭团放回到茶盘上。

阿七发现后笑道：

"放心，这是免费的啦，表达一点心意。"

久太郎这回放心了，把吃了一半的饭团又重新拿起来吃。

比刚才更加狼吞虎咽地吃了起来。

"怎么样？还合你口味吗？"

"嗯。"

"最近觉得你变和蔼了一些哦。"

嗯？久太郎嘴里含着饭团疑惑地看着阿七，嘴边还挂着几颗饭米粒。

"最初见你的时候,怎么说呢,一副生硬的样子,给人很死板的印象。"

吃完了整个饭团的久太郎开始清理嘴角的米粒。

都清理干净后,他目视着远处,小声说了句:

"……我没有变。"

哪有什么变化嘛……

阿七却笑着说:"真的么?"

久太郎回答不上来。不过,在阿七看来,他的幸福都是来自这只正在享用猫咪饭的小家伙。

"一定是多亏了你吧?"

阿七温柔地搓了搓玉之丞的脖子。

玉之丞满足地眯起了眼睛,看着像在笑似的。

"我也一样。过去总是生活在虚荣与势利当中,背叛过别人,也被别人背叛过。渐渐地就分不清什么是真什么是假……不过,它们不会对我撒谎,不会欺骗我,所以我也变得更真诚了。"

"……"

久太郎一句不发,默默地听着。从她要账的毫不含糊和做生意的精明程度大致可以看出她过去的人生道路。可能过得比现在更加

辛苦吧。

让久太郎来劈柴可能是一时兴起。

说什么久太郎有变化也或许是错觉。

但是，阿七那乐观的说话语气，透露了她阅尽人间百态的人生经历。

阿七扑哧笑了下，旋风似的站了起来。

"吃完后帮我把柴送一下。"

"送？"

"是的。送到我的客人那里。"

久太郎正伸手准备拿第二个饭团，露出了不情愿的表情。

阿七见状从袖兜里摸出算盘在他面前晃了两下。

"好吧好吧，知道了！"

◆

久太郎手拿地图，背着一架子木柴来到了指定的地方。只见店招牌上写着"治愈所—猫茶屋"。

"猫茶屋？"

要是一间茶铺的话，这家店的规模还真是蛮大的。

久太郎正准备推门，门已经开了。出来一个穿着漂亮的烹饪服的女人。她的领子和袖口都挂着一块像基督教徒那样的带有刺绣的布，一飘一飘的。

往店里一看，确实是悠闲的茶铺的感觉，不过到处都能看到猫。

每位客人手里都有一只猫，正在逗猫玩。

店员微微一鞠躬，声调尖锐地高声喊道：

"欢迎光临猫茶屋喵！"

什、什么呀？

店里的人都手拿着逗猫的工具，只顾着和猫玩，旁边冒着热气的茶水看都不看一眼。桌子上还放着做成猫形状的蛋糕和点心，很多人都像没看见似的。甚至还有人拿着专用的梳子给猫梳理毛发。

"小度真可爱呀！"

"啊，小幸今天还是这么毛乎乎的！"

到处都是毛乎乎的。

毛乎乎。

"早安，查克！今天还一起玩吧。"

"哇，好可爱的小手！"

"瞧这小肉球球。"

各个座位上的人都在玩弄猫咪软乎乎的小肉球。

软乎乎。

看那样子与其说是在玩猫，不如说是被猫弄得神魂颠倒。

那店员热情地介绍起来：

"心灵的创伤、疲惫、空虚等各种症状都可以通过与本店的猫咪交朋友来治愈。快选一只您喜欢的猫咪来治愈吧。"

说着要把久太郎往里面领。而久太郎拨开她的手说："我不是客人。"

"那你是？"

"我是帮猫见屋送柴的。店主在哪？"

听久太郎这么一说，女人眼里的光芒瞬间就消失了，声调也降了下来。

"搞什么呀！我就是店主。把那个放到厨房门口去。"

说着指了指里面就走开了。之后久太郎就被完全无视了，好像除了客人之外其他人都不存在似的。

直到久太郎放好柴火准备出去，店主都没再看他一眼。

商人果然是表里不一的势利眼啊。

久太郎准备赶紧离开，可脚底被一只猫给缠住了。来追猫的客人又撞了一下他的腿，久太郎打了个趔趄差点跌倒。

就在他第二次又差点跌倒的时候，听到后面有人和他说话。

"哎哟，这可真是奇遇啊。"

回头一看，是一张熟悉的老人的面孔，正朝他乐呵呵地笑着。

正是那位全城第一爱猫之人——义一。

猫奴老爷子又出现了！

"哎呀，你瞧这家店多好啊！被猫咪们包围着，感觉真是像上了天堂一般！"

义一一脸沉醉的表情，自顾自地在那说着，那样子像真的要升天似的。

"武士大人，你看，满店都洋溢着幸福感，全都是爱猫人士。"

这时，鬼鬼祟祟地走进店内的若菜出现在了义一的身后。

"啊，武士先生！"

……又来了个多管闲事的。

若菜走近久太郎身边，低声道：

"我是来侦查的，侦查。甜喵棒卖不出去好像就和这家店有关。"

义一指着店内，准备引导他们进去。

"是你的熟人吗？来来，二位这边坐。"

不过，作为给猫见屋跑腿的，久太郎觉得待久了不合适，准备回去。

"我走了。"

"哎？一起侦查嘛。"

"我得回去。"

"哎呀，别这样，我请你喝好茶。"

听到这句话，久太郎停下了脚步。

"还有美味的羊羹。"

几分钟后，久太郎已经坐在位子上喝起了茶。

店里的客人越来越多，不过那些怪异的客人好像少了些。过分沉溺于猫的人大多走了，店里的气氛也稍微安静了些。现在正常的客人居多。

有人把猫放在膝盖上，静静地抚摩着，有人和猫一起躺着，其中有人还进入了梦乡。

猫茶屋的店员好像都穿着那种一飘一飘的衣服，花哨的服饰让人看着心烦。

"久等了！这是本店的招牌喵羹。"

"喵羹？"若菜一惊。

若菜的甜喵棒只是模仿了猫的头部，而这里的羊羹则做出了猫的整体形象。而且形状还各不相同。不用说，肯定比若菜的甜喵棒制作起来更费功夫。

"请慢慢品尝喵！"

"喵？！"

若菜转动着眼珠子，目光一直停在女店员身上。

就这样一直追着女店员看，直到对方看不见了才好像回过神来。

"完全被她剽窃了啊！"

若菜心有不甘地连声叫嚷着被人模仿了，被人模仿了。

义一自顾自地轻抚着怀里的那只猫，久太郎也不管若菜，自己拿起羊羹吃了起来。只见他嘴角很自然地上扬，看样子很甜美。

怒气未消的若菜又把矛头转向了另外的方面。

"话说这儿为什么这么热闹？猫什么的在家养不就行了。"

"姑娘，要是能在家养当然是无比幸福的事……"

"嗯？"

义一眯着眼睛，环视了一下四周。

所有人都和猫玩得很愉快，脸上洋溢着幸福。

"首先，养猫是很花钱的。"

久太郎对义一的话深表赞同，不住地点头。自从养了猫后他的钱仿佛长了脚，像老鼠似的四窜而去，如今弄得口袋瘪瘪，剩下的只有玉之丞身上的毛了。

原来不管是人还是猫，要生存下去都是需要用钱的。

"还有很多房东不喜欢猫。所以就有许多想养猫却又无法养的人。"

"哦。"若菜点点头，眼珠一转看了一下周围。

"也有像我这样家里有猫但也喜欢来这里的人。嘻嘻嘻。"

"就是因为喜欢猫吧。"

若菜冲义一笑着说。

义一也报以微笑。他抚摩猫咪的手是那么轻柔，充满着怜爱。

"猫可是我的救命恩人啊。"

"恩人？"若菜问道。

久太郎也好奇地抬起眉头。

"那是很久之前的事情了……因为痴迷于赌博，我输光了所有的财产和房子，家人也离我而去。我变得无家可归，过了很多天饥寒交迫的日子。"

久太郎和若菜都用不可置信的眼神看着义一。

没想到这个过着隐士般生活的乐呵呵的老爷子还有过这样的经历啊。

"当时我已经觉得没有希望，准备等死了。忽然有一天，几只野猫来到几乎如僵尸一般的我身边。它们最好了，从不说那些没有意义的空话，只是默默地围在身边分给我温暖。所以，直到现在，猫都是我活下去的唯一依靠。"

义一的手一直在温柔地抚摩着那只猫。

从他的脸上，只能感觉到他是一位单纯地喜爱猫的和蔼的老人。

◆

若菜愉快地和义一聊了一会儿，义一很快就放下茶杯，专心地和猫玩了起来。看他那样子，实在是超过了一般人爱猫的程度。

若菜和久太郎不想被人认为是义一的同伴，于是假装不认识似的准备回去了。

不过，若菜好像还不想马上回去，而是走进了店面的后堂。

那儿是店员们的工作场所，墙上贴着一张"禁止入内"的告示。房间很狭小，不过所有人都在认真地照顾着猫儿们。有的在检查猫咪的身体状况，有的在整理猫毛，帮它们按摩身体。

为了这些猫，大家都在全力以赴。

若菜脸上露出了钦佩的表情。

"店里的人真很卖力呢！"

看到这些，估计她的怒气也消了很多，径直朝门口走去。

出店门的时候，店员头一低说了句："谢谢光临喵！欢迎再来，喵喵！"若菜直眨眼睛，小声道："一直到最后都说喵？"看来店员是经过了严格的培训啊。

一旁的久太郎想起了还得回猫见屋，于是赶紧边往肩上背架子边朝外走。

"那我和你一起到半路。"若菜跟了上来。

还没等久太郎背好架子，若菜就滔滔不绝地讲了起来。久太郎心想，虽然被人模仿了很生气，不过看起来还是很愉快的体验呢。

当然，久太郎自己也感到很愉快。

"不过呢，你看见了吗？老爷子的疼爱方式也太过分了，恨不得要吃掉似的。"

若菜一边说笑一边走出了店门，可刚没走几步就停了下来，脸上的表情也凝固了。

她站在原地，慢慢地抬起发抖的手朝前面指去，脸上也失去了血色，青一块白一块的。

久太郎朝指示的方向仔细一看，原来若菜的货摊被人打翻在地，一片狼藉。

木架子已经被拆散，布帘子被撕成了碎片。卖剩的甜喵棒散落一地，上面还有被草鞋踩踏的痕迹，沾满了泥土。

就在这堆残骸的另一面有三个人，其中一个男的正朝这边露出卑鄙的笑容。

那个无赖和两个同伙一直朝悲伤的若菜看着，一副幸灾乐祸的表情。

原来是上次在长屋跟若菜找碴儿的那个人，好像叫作新吉。

久太郎狠狠地瞪了他一眼。

那天久太郎在屋里听到了若菜的惊叫声，立刻跑了出去。看到了若菜尖叫着挥动拳头的情景……

那一记拳头不偏不倚地打在了新吉的脸上。

"哎哟!"

不过毕竟女人的力量有限,并没能把他打晕过去。好在久太郎及时出现,新吉狼狈地逃走了。

大概那天的事情新吉一直记恨在心吧。

久太郎感到一股怒火涌上心头。

不可饶恕!他左手自然地握住了刀柄,两眼睁得如不动明王的化身似的,死死地瞪着新吉。

三人似乎感觉到了久太郎的杀气,尖叫着逃掉了。

久太郎回头看看若菜,她仍然怔在那里。稍微犹豫了一下,久太郎还是决定先抓住新吉,于是迅速追了上去。

久太郎刚一拔刀,新吉的那两个手下已经被击倒在地,他们的腹部被刀背击中,疼得昏了过去。久太郎马上又朝新吉追去。

新吉掏出匕首相威胁。

而久太郎却毫无畏惧之色,继续逼近。在斑鬼面前,这些小混混们简直与手无寸铁之人无异。

久太郎将刀刃紧贴对方面前,一道白光从新吉的眼前闪过。

新吉吓得一屁股坐在了地上，拼命摸了摸身上，发现没有被砍到。

"嘿嘿，吓唬我啊。"

就在他刚松了口气的时候，头上扎发髻的细绳断开了，瞬间变成了一个落败而逃的武士的样子。

"大、大人饶命啊！"

新吉连连朝久太郎磕头，还从怀里掏出一个小小的钱袋子放在面前。

"饶了我吧！饶了我吧！"

新吉一边谢罪一边把头磕得更响了。

久太郎也并没准备要他的命，见他卖力地道歉，也就把刀收了起来。

拿起钱袋子，久太郎立刻按原路往回跑。

当他回到猫茶屋时，发现货摊的残骸和若菜都不见了。久太郎只好呆呆地站在那里，手里还攥着刚才新吉为了谢罪而给的钱。

他把钱小心地放进兜里，准备下次再交给她，然后回猫见屋去了。

"辛苦啦！"

推开猫见屋的门,迎接久太郎的是玉之丞和阿七。

玉之丞"嗖"的一下子从阿七的怀里跳下来,跑到久太郎边上。它闻了闻久太郎手上的味道,然后用舌头舔了舔。

看到这么可爱的玉之丞,久太郎的怒气也慢慢地消了。

"怎么样?是一家很有意思的店吧?"

见他没什么反应,阿七有些担心地瞅了瞅。

感觉久太郎的表情比平时还要沉重。

"猫真的有……"久太郎忽然开口道。

"……治愈人的力量吗?"

阿七感到很吃惊,不过马上就关切地问道:

"……怎么啦?"

久太郎今天的表现有些不太寻常。

阿七冲他微微笑了笑,像是暗示他什么似的。为了让久太郎明白她的意思,又说道:

"有没有你应该最清楚啊。"

他的眼里露出了坚定的神色。

久太郎决定和玉之丞一起去找若菜。

◆

久太郎沿着早上来时的河堤往回走。

这时，太阳已经西沉，堤岸上也被染成了一片红色。他远远地看见前方有一个小小的黑影，走近一看，是若菜的货摊。破损的地方已经被简单接了起来，虽然看起来不牢固，但应该勉强可以拉着走。

不过，要想恢复到原来的样子，恐怕还要花点时间和钱。

久太郎担心刚才新吉给的钱够不够修理费，因为货摊破得实在太厉害了。

若菜正蹲在河堤的下方。

久太郎来到她身旁坐下，但她没有任何反应，和平时判若两人。她的脸上也毫无生气，双眼直直地看着河面，一动不动地蹲在那里。

一阵河风吹过。

久太郎不知道怎么开口。

"……我已经无家可归了。"

若菜平静地说道，透着一丝淡淡的悲伤，好像融化进了夜幕降

临前的黑暗之中。

太阳渐渐落下，就要消失在山的那一边。

"……我家里是乡下贫穷的农户，日复一日地在贫瘠的土地上耕作，但我从没有感到过辛苦，只要一家人能和和睦睦地在一起就好。但是，我最小的妹妹不幸得了肺痨……为了凑钱给她治病，爸爸要把我卖到妓院去……"

※　　※　　※

若菜家所在的地方是一个远离城市的山坳坳里的小村庄。

零零散散地住着几户人家，每家只有一小块旱地。

那就是若菜所知道的世界的全部。

贫瘠的旱地上种出的东西都不够吃，家家都处在温饱线的边缘。不用说蔬菜和大米，就连稗子和小米全村也所剩无几。

村里人要想生存下去，就必须要有人为全村做出牺牲。

所以，如果把村里的女孩子卖到妓院去，全村人就都得救了。

好像有人向村长说出了这样的提议。若菜也是几个候选的女孩子之一。

她家为了给生病的妹妹抓药已经债台高筑，靠向别人家借钱、讨要食物勉强度日。全村人都受到了牵连，所以大家都异口同声地说要把若菜卖掉。村长也只是顺应大家的呼声而已。

于是，把若菜卖掉的事情很快就定了下来，其他被卖的女孩子境遇也都大同小异。

可是，就在给妓院做中介的人贩子来的那一天，若菜却从自己家偷偷地逃出去了。

"你在哪里啊？若菜！再不出来客人可就要走了！"

"是啊，若菜，快点出来！"

可是若菜无论如何也不想被卖到妓院去。

全村人都开始出动寻找若菜，她慢慢感觉到自己是逃不掉了。但是她已经下定了决心，只要能跑出去，可以不惜一切手段。

于是，她拿起父亲耕作时所使用的镰刀，硬是把自己的头发割掉逃出去了。

她顶着一头蓬乱的头发拼命地走着，一直走到了江户。

途中不知道多少次差点都没了命，但每次都遇到了好心人出手相救……

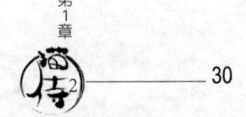

※　　※　　※

"一想到能够活下来，我就很高兴。就那样，我逃了出来。我一直在心里默念：我会努力干活，比当妓女挣更多的钱，请你们饶了我吧！而现在……"

若菜哽咽了着，一股悲伤涌上心头。

"喵呜。"

玉之丞拼命地从鱼篓子里伸出脑袋来，叫了一声。

"猫咪？"

"啊……是玉之丞！"

久太郎把玉之丞抱出来给若菜看。

看到玉之丞小小的身姿，若菜的脸上很自然地绽出了笑容。她用双臂紧紧地搂着玉之丞，煞白的脸上也渐渐恢复了血色。是玉之丞身上的"温暖"传递给了若菜，一旁的久太郎也感觉到了。

"……好温暖！"

忽然一滴眼泪落在了玉之丞的脸上。玉之丞抬起头，叫了一声。

泪水越滴越多，若菜的呜咽声也越来越大。不过，久太郎心想，就让她哭一会儿吧，她一定是感受到了猫咪的温暖和有猫咪在身旁的幸福。

久太郎把钱袋子塞到了还在抱着玉之丞哭的若菜手里。

若菜一脸疑惑。

"这是……？"

"新吉给的。"

若菜听了后破涕为笑。

"这样就能把货摊修好了，太好了。谢谢你！"

说着又放声大哭起来。

久太郎决定多待一会儿，直到若菜哭完为止。

◆

玉之丞不停地在榻榻米上走来走去。

因为猫爪子的抓挠，榻榻米破损了许多地方。久太郎没钱更换榻榻米，但给玉之丞换了一把新的逗它玩用的狗尾草。

久太郎迅速移动狗尾草，玉之丞就会立刻飞扑过去，如果慢慢移动的话，玉之丞则会停下来先瞄准。

它一边摇动着小小的尾巴，一边做好扑上去的准备。一旦久太郎迅速移动狗尾草，它立刻就会以惊人的速度冲过去。

玩了一会儿，久太郎便丢下还没有尽兴的玉之丞，自己躺在那里心不在焉地摇晃着手里的狗尾草。

久太郎的思绪又飘回了故乡。

不知是不是因为白天听了若菜的叙述。

　　※　　　※　　　※

他在门口的水泥地上，重新把草鞋带系紧。

在这一家之主即将出门的时刻，本该全家人都来相送。不过，久太郎认为自己没有享受这个待遇的资格。他准备就这么默默地离开，谁也不需要来送。

然而，背后却传来了喊声：

"父亲！你真的要走了吗？"

"阿春……你妈妈呢？"

"她说她不想来送你……"

"……是么？"

久太郎腰上挎着刀，一个小小的包袱搭在肩上。

阿春颤抖着手将一顶斗笠递给了父亲。木讷的久太郎连女儿的头都没去抚摩一下。

"我走了。"

"路上小心！"

出了家门后，久太郎感到有点悲伤，回头望了望。

虽然看不见，但他感觉到妻子就站在门后面。他内心充满了愧疚，唯有在心里默默地祈求家人原谅。

他发誓一定要混出点名堂再回来。

※　　※　　※

"若菜和我，肩上都背负着责任。"

久太郎像是说给阿春听似的对着玉之丞说道。

◆

夜幕已经降临江户城，道路两旁的石灯笼里亮着蜡烛。

有一个人，没有提灯笼，正低着头急匆匆地向神社方向走去。

他那鬼鬼祟祟的样子反而引起了别人的注意。

有正在路边小摊吃面的人看到了可疑的人影,立刻报告了衙门。

那个摸黑来到神社的可疑的人影正是加贺屋的管家佐吉。

佐吉径直来到了那个小祠堂。

原来他是想把那个装有玉之丞尸骨的猫壶搬走,藏到别的地方去。

"你大概已经化为白骨了吧?老爷说想要在梦中见见你,我现在把你带回去埋到院子里,你就偶尔现现身吧。"

说着抱起了猫壶。

看来佐吉对主人还是一片忠心的,不过这忠心似乎有些扭曲。

"只能在梦里啊。我的梦里就不用出现了。"边说着边逃跑似的准备要离开神社。

"说的好像就是这附近吧?"

"对,说是有可疑的人出现。"

佐吉被突如其来的说话声吓得一激灵,赶紧往神社后面跑。

他本想穿过灌木丛大概就能跑出去了,没想到没走几步就与捕快石渡和八五郎撞了个正着。

八五郎提着个灯笼,照了照佐吉的脸。

"喂!这不是佐吉吗?"

"是的,是我!"

佐吉只得老实回答,背上直冒冷汗。

石渡拿灯笼照了照佐吉手上抱的东西。

八五郎指着猫壶问道:"那是什么?"

"恶灵退散,成佛⋯⋯"

石渡默念着壶上贴的纸条。

"佐吉,这是什么呀?"

佐吉转了转眼珠子。

"啊,这个啊,这是腌茄子,石渡大人。"

"什么?"

"腌茄子啊,大人。我还有事,我先走了!"

佐吉抱着猫壶匆匆忙忙跑掉了,那样子着实让人感到奇怪。

就算是腌茄子,谁会这个时候抱着那东西在神社旁徘徊呢?

任凭谁看到了都会起疑吧。

"搞什么鬼呀这家伙!"

八五郎疑惑道。

不过,石渡似乎想到了什么似的,一脸确信的表情。

"我们跟上去看看!"

"哎?"

石渡和八五郎尾随而去,悄悄地跟踪在佐吉后面。

◆

久太郎仍然在轻轻地和玉之丞说着话,并不知道外面发生的事情。

"无论是谁,恐怕都要背负着过去而活吧。"

说着,摸了摸玉之丞道:"猫大概也是如此吧?"

而玉之丞已经香甜地睡着了,仿佛知道有人抚摸它,微微摆了摆尾巴。

啊,又和猫说话了……

虽然意识到了这一点,但他已经不那么在意了。

无论何时,都只相信明天,奋勇前行!无法改变的昨日,无须悔恨。

夜渐渐深了,今天又将要变为昨日。迎接还未见面的明天。

第 2 章

"嘿!哈!"

久太郎又在后院开始了每天的挥舞木刀的练习。

他的声音响彻了清晨的长屋一带。

他裹着一件破旧的袍子,光着上半身,全神贯注地舞动着木刀,身上的汗水如瀑布般流下来。他正是通过这样的练习来锻炼筋骨,磨炼意志。

他那锐利的目光的确与"斑鬼"的称号相符。

只听"嗖"的一声,久太郎挥刀向半空砍去。

紧接着手腕一使劲,在全身能够达到的最远处停了下来。

那速度，那势头，简直无人能比。

只见他再次抡起木刀，"哈！"一挥而下。看来功力仍然不减当年。

"喵呜。"

这时，玉之丞伸了伸腰从壁柜里出来了。

久太郎看见后，马上停下手来。

"怎么起这么迟？从今天开始要忙起来了哦。"

玉之丞开始用舌头舔起身体来。

它哪里知道久太郎的内心正燃起热情，仍然不紧不慢地边打着哈欠边把身子蜷缩进用来白天睡觉的簸箕里。

那圆圆的敞口簸箕刚好能装下玉之丞，玉之丞蜷缩在里面看起来就好像装着满满一簸箕雪白的棉絮一样。

猫咪果然是无忧无虑啊，久太郎想。他又挥起了手中的木刀。

"哈！"

伴随着久太郎的一声叫喊，空气中响起了"嗖"的一声。

就在接下来瞬间的寂静中，听见了外面"咚咚"的敲门声。

久太郎朝门口那边看看。只见拉门外面有一个人影，站在那里并没有要进来的意思。久太郎心想，直接进来不就行了吗？他擦了擦脚底板，准备去开门。

"早上好！"

原来是若菜站在那里，还是和平常一样的笑容，还是和平常一样充满活力。

久太郎想起了若菜曾说过"笑脸招福"，所以，虽然遇到了挫折却愈发充满了干劲，就好像看见了即将要到来的幸福。

"这个，给小玉。"

若菜从手中的袋子里拿出一根甜喵棒。

久太郎回头看看，玉之丞不知是不是已经闻到了香味，从簸箕里抬起了头。

不过，它并没有朝这边走来，而是像在说"你给我送过来"。

"替我跟它说声谢谢哦！"

"我的呢？"

若菜只是给了久太郎一个灿烂的微笑，随即转身拉起了旁边的货摊。

那货摊已经修好了，虽然比以前难看些，但拉着走没有问题。这样，她就又能继续炸甜喵棒卖了。

"今天也要加油哦！"

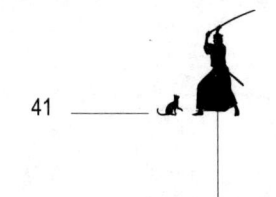

若菜自言自语道。

"加油吧。"

"什么?"

久太郎只是无意说出口的,赶紧转身回屋去了,他不想让若菜看到自己脸上的尴尬。

"走喽!"若菜拉起了货摊,脸上洋溢着灿烂的笑容。

回到屋内,玉之丞马上跑过来往久太郎的腿上蹭,而且还伸出爪子硬要拽久太郎坐下来。

久太郎感到了锋利的爪子扎进了肉里。

"好疼!知道啦,知道啦!"

边说着边用手将甜喵棒掰成小块放到玉之丞的盘子里。

"这是给你的,说要谢谢你!"

玉之丞开始忘我地吃起来,盘子被它挤得不断地往前移动。最终,盘子和玉之丞都抵上了墙壁。久太郎看得忍不住笑了起来。

他把盘子移到了原来的地方,玉之丞头也不抬地直接跟着盘子过来了。

"我要重新找工作,是官府里武士的工作,而不是糊伞或砍柴！"

久太郎用力摸了一下玉之丞的头，再次拿起木刀往后院走去。

"哈！"

他像是下定决心似的，猛力地一刀挥下去。

比刚才更加迅猛。为的是成为一名坚强的武士。

◆

久太郎提着鱼篓子进了猫见屋。

"欢迎光临！"

阿七笑容满面地迎到了店门口。

"'鬼瓦'先生今天来有何贵干呀？"

故意的吧？

久太郎轻轻皱了皱眉。

不过，他也懒得特地去追究这个事，也就当作没听见。

"……不好意思，能帮我照看一天吗？"

"咦？要出门吗？"

阿七一脸惊讶的样子。

"去找工作。"

久太郎已经决定了要寻一个堂堂正正的武士的工作。

阿七指着后院笑着说:"要是砍柴的活我这里还有哦。我一个女人干这个活很辛苦的!"

说着还故意捶捶自己的腰,做出为难的样子。

久太郎心想,你只是自己图轻松吧,露出了以前也在阿七面前表现过的"厌恶的表情"。

不过,很快又恢复了"一般恐怖的表情"。对久太郎来说,这只是"通常的表情"而已。

不等阿七再次开口,久太郎把玉之丞抱出来递了过去,干脆地说道:

"我说的是官差。"

"你还没有死心吗?"

阿七一脸吃惊地接过了玉之丞。

"我就是为了这个才来江户的。"

听到久太郎自信满满的回答,阿七像逗小孩似的朝玉之丞嗲声嗲气地说了句:"干劲还不小哩!"

真恶心……

久太郎有一种被人小看的感觉。

◆

"我哪知道，不就是一只猫嘛！"

青年对于石渡和八五郎的询问表现出一副不以为然的样子。

石渡一把抓住青年的前襟，把他拖到小巷的深处。

他将青年推到墙壁上，用粗大的手掌掐住了青年的脖子，凶神恶煞地大吼道：

"你说什么？不就是一只猫？要是你小子的重要东西丢了，还会这样说吗？！"

"行了行了，别跟他啰唆了。"

八五郎拨开了石渡的手腕。青年吓得魂飞魄散，石渡和八五郎丢开他朝巷子那头走去。

自那以后，他们也一直到处打听，但仍然没有玉之丞的任何线索。

"这一带如果说有人对猫比较熟悉，你觉得是哪里呢？"

"是呀，是哪里呢？"

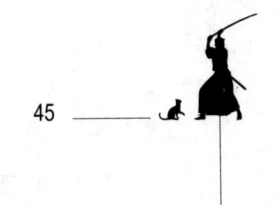

八五郎做出一副疑惑状。

"你小子是在糊弄我吗？！"

"都说过我只喜欢狗的……熟悉猫的人我真的不认识啊。"

"什么？！"

石渡眼睛一瞪。

"不不，没什么。"

"难道就这么漫无目标地找吗？要是有什么可靠的证据就好了。"

他们走着走着来到了连片长屋地带。

久太郎居住的"鬼灯长屋"就在那一块。

忽然，一只猫从两人面前快速走过。是一只胖嘟嘟的大花猫，嘴里还衔着一条小小的鱼干，一个穿着破旧衣服的年轻妇女正拿着个扫帚在后面追赶。

"对了，长屋这块人员密集，来寻找残食的猫应该也不少。"

石渡摸了摸下巴。

"要不要去看看？"

"嗯。"

两人拐到了长屋的路上。

就在鬼灯长屋的附近,两只白猫从二人身旁跑了过去,后面还有两只猫在追赶。

八五郎不假思索地喊道:"是玉之丞!"石渡默默地摇了摇头。

"那不是。"

"为什么?"

八五郎不明白,于是反问道。

"还用说吗?那猫长得一点不好看……"

"哎?"

"……不,是这样的,玉之丞是大户人家养的猫,怎么会随随便便跟其他猫混在一起呢?"

"哦……说的也是啊。"

"所以多注意一下别的地方,找找看有没有其他线索!"

就在这时,"鬼灯长屋"的房东在他们前面打了个喷嚏。

石渡看到刚才那几只猫是从房东旁边跑过去的,于是问道:

"你对猫过敏吗?"

"是啊,我一直就对猫过敏……忍不住要打喷嚏。"

不过,房东看到石渡的打扮,知道他是捕快,马上恭敬地问道:

"您有什么事吗?"

"啊，是这样的。最近加贺屋老板的猫被人杀害了，你知道这件事吗？"

房东"啪"地拍了一下手，点点头道：

"知道呀。确实是一件令人遗憾的事情……不过，您看我对猫这么过敏，倒也不怎么感到悲伤。"

八五郎听了担心石渡又要朝房东发火，不过石渡的脸上并没有太大变化。

房东想了一会儿，又说道：

"啊……不过，自从那件事发生后我就一直有点疑惑……"

"什么？"

"你们看到那家的屋子没有？"

房东手指的正是久太郎的屋子。

"最近每次进那个屋子就会打喷嚏。就是在那个事件发生以后才突然变成这样的。"

石渡和八五郎听后，相互对视了一下，意味深长地笑了笑。

"嗯，这是条非常重要的线索。"

"不过，住在那里的是个武士，人有点恐怖……"

话还没说完，房东就匆匆离开了。

石渡和八五郎开始去打探。

房东所说的久太郎家没有人，隔壁也没人在家。

不过另一边人家的小男孩倒是很乐意说，笑嘻嘻地告诉他们道：

"这里是住着一位武士叔叔，经常在家偷懒，无所事事。他有一次好像还尿床了，我看到他早上在晾被子。我现在都不尿床了，真是丢人！今天他没有拿钓竿却提着个鱼篓子不知道去哪儿了。"

"鱼篓子，尿床……"

"怎么了？"

八五郎问，石渡没有回答他。

"不错，你看到了很重要的东西。小家伙，长大了就当个捕快吧。"

石渡用力摸了摸小男孩的脑袋，称赞道。

"走吧！"

"哎？去哪儿？"

突然丢下这么句话，八五郎有些不知所措。

"再去加贺屋的佐吉那儿探一探。"

石渡用力握了握手里的捕棍[1]。

---

[1] 江户时代捕快所用的器械，用于捕捉罪犯，也可用来证明身份。

◆

"老爷他,又……"

女佣前来报告,佐吉不得不跑去里屋查看。来到猫屋门口,稍稍推开拉门一看,果然如女佣所言,又犯病了。

"唔唔唔……咕咕咕……"

与左卫门在睡梦中一边笑着一边发出奇怪而恐怖的声音,女佣们已经来报告佐吉好几趟了。

女佣们每去一次与左卫门的房间回来都要担心地问一遍:"不用请大夫来吗?"而每次佐吉都回答说:"没事的。"不过还是会去查看一下。

今天已经是第十次来到猫屋了,佐吉不禁长叹一口气。

猫壶是昨天埋到后院的。因为离得近,玉之丞又出现在了与左卫门的梦里,佐吉为此还高兴了一阵子。可是女佣一次次惊恐地跑来呼喊,连工作也没法进行下去了。

与左卫门经常"嗷"的一声突然从被子里坐了起来,过一会儿又躺下去。

佐吉见这状态也很担心，忙问道："您没事吧？"

没想到与左卫门坐起来朝佐吉大喝一声：

"闭嘴！"

佐吉被吓得向后退了一步。

"好不容易和玉之丞玩了一会！你好好去干你的活！"

"……在玩耍啊。我猜也是……"

佐吉自言自语道。

"还有什么事？"

"没，没有。"

"……我再睡一会。"

与左卫门说着重新盖上被子，连头都蒙了起来，只伸出一只手朝佐吉挥了挥，意思是让他出去。

"可是老爷，店里的事情已经堆积成山，您也该……"

与左卫门没有理他，嘴里一边念着"玉之丞……"一边试图再次进入梦乡。

佐吉很恼火，决定吓唬吓唬主人。于是他说起了从别处听来的奇闻怪事。

"我是听一个熟人说的，一个叫作勘助的人，一天到晚只知道

睡觉，最后腰上长出了根来。许多人一起试图把他从被子上拉起来却丝毫不动，最终他和被子连成了一体，至今一直睡在被子上起不来，每天需要人服侍。"

"你给我闭嘴！"

与左卫门猛然坐了起来。

"尽知道瞎编！"

这时，忽然听见女佣在外面喊道："老爷，有客人找！"

最近由于大家都听说与左卫门卧床不起，所以，有要事来找与左卫门本人的客人越来越少了。

因为觉得稀罕，与左卫门也从被窝里起来了。

"客人来了。"

随着女佣进来的是捕快石渡，石渡的后面是八五郎。

佐吉心里一紧。

"加贺屋老板，打扰了！"

"啊，这不是石渡大人吗？"

与左卫门起身正坐。

"快给二位大人沏茶！"

听到主人的吩咐，佐吉和女佣退出了房间。

等佐吉端着茶回到房间时，看到三人坐在靠走廊一侧，已经谈起了搜查的进展情况。佐吉听见他们说了句"离犯人的出现已经越来越近了"。

佐吉用袖口遮了遮颤抖的手，给二人端上了茶。

"这么说，犯人就快要抓到了吗？一想到杀害玉之丞的犯人至今还逍遥法外我就……我整个人都快要疯掉了。"

与左卫门一副哭腔，向石渡诉说着。

"别急嘛。我们现在正在从你的仇人中逐步缩小目标范围。"

"可是，我做生意到现在打败了不少竞争对手，遭人怨恨不可避免，要说被我得罪的人，那可太多了啊……"

"或许……"

石渡抬头看着屋顶道：

"犯人就近在眼前呢。"

石渡一直朝屋顶的一角看着，而八五郎一直盯着佐吉。

佐吉注意到了八五郎的目光，突然手里一滑，把正准备递给与左卫门的茶杯打翻在了茶盘上。

"佐吉！"

与左卫门一声怒斥。佐吉手忙脚乱地端起打翻的茶水连忙说了句"抱歉！"后退出去了。

佐吉的怪异行为并没有逃过石渡的眼睛。

石渡轻轻瞥了一眼佐吉后，视线又回到了房顶。

与左卫门感到了气氛不对劲，神色不安地看了看石渡，又看了看八五郎，可是谁也不告诉他怎么回事。

"放心吧！"

八五郎拍着与左卫门的肩膀说道。

"再狡猾的坏人，只要被江户城第一捕快石渡大人盯上，也休想逃掉！"

八五郎说完，石渡默默站起身："交给我吧！"随即转身走了。

与左卫门深深一鞠躬道："那就拜托了！"目送二人出门。

佐吉将石渡和八五郎送到门外。

石渡忽然回头朝佐吉小声嘟囔道：

"最近听到一个传闻……有人说见到了和玉之丞长得一模一样的猫。"

"哎？是么？"

"是不是可以认为玉之丞还有可能活着,只是被什么人给劫走了呢?"

"这、这……您跟我说也没用啊。"

石渡和八五郎都盯着佐吉看。

而佐吉却转过脸说:"我还要去照顾老爷,失礼了。"说着回到了屋内。

"……样子很可疑啊。"

佐吉的样子确实让人不得不感到怀疑。

"唉,接下来该如何行动呢?"

石渡和八五郎盯着加贺屋的入口处默默地站了一会儿。

◆

久太郎站在立有好几块告示牌的路边,朝着其中的一块注视良久。是招募剑术师的,工作是在江户城内教授剑术。就在他盯着告示看的时候,有人过来道:"哎呀,这块旧告示怎么还在这里?"说着把它移走了。

久太郎只好换一个看,只见旁边那块上写着:猫见屋,招收劈柴工。

这个不行……

除了久太郎之外，旁边还聚集着不少浪人，形势之严峻一看便知。

久太郎挨个查看，却没有一个能让他接受的工作。他那看告示时极其严肃的表情，的确与"斑鬼"的称号相符。正是因为如此吧，久太郎在看的牌子，其他人都不敢靠近。

正因为如此，二人一下子注意到了久太郎。

"小龙虾武士……"

久太郎回头一看，根仓藩的橘和竹下站在不远处。

橘面带笑容地说道："眼神还是那么犀利嘛！"

竹下则一直傻乎乎地笑着。

久太郎什么也没说，只是死死地瞪着二人。

不过二人毫不畏怯，反过来也瞪着久太郎，气氛顿时紧张起来。

想当日，只钓到几只小龙虾，那二人借口腥臭故意找碴，久太郎一怒之下将他们吓得不轻。

"没想到又在这里遇上了啊。那天的事情我们就一笔勾销吧。"橘说。

"今天就让我们好好过过招！"

竹下手握刀柄说道。

久太郎并不害怕他们，只是想，别妨碍我找工作！他不想引起骚乱，于是跟随二人走去。

久太郎没有发现有一个人影正盯着他们。

◆

他们来到一处僻静的巷子。

这里有几排破旧的长屋，家家入口处的拉门都有破损。看起来户户都有人住，但又感觉不到生活的气息。如果有人说这里有幽灵或猫妖出没，估计也会有人相信。

也许是因为四下无人吧，橘和竹下都露出了一脸的杀气。

"这回可不会像上次那样让你得逞了！"

竹下拔出刀来。

橘也拔刀对准了久太郎。竹下把刀举得高高的，眼看着就要砍

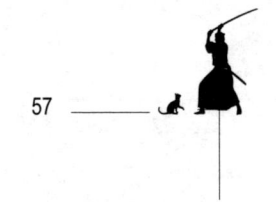

下来。

"让我们领教一下小龙虾武士的本领吧!"

橘笑道,竹下则应声猛地砍了下去。

而久太郎刀都没有拔,一躲闪一勾脚,竹下就重重地摔倒在地。

紧接着,橘"啊!"地大喝一声,慢慢向久太郎逼近,可久太郎还是没有拔刀。

"怎么了?拔刀呀!"

"没有必要。"

橘的头上青筋暴露,朝久太郎砍了过来,就在这时,听见有人喊道:

"住手!"

所有人都应声望去,只见内藤抱着胳膊站在那里。

"内藤大人。"

橘和竹下小声道。

"把刀收起来!你们不是他的对手。……你们是领教过他的剑术的吧?应该知道其中的差距。"

橘和竹下都默默收起了刀,俯下了身子。

内藤冷冷地看着久太郎。

"他就是斑目久太郎。"

"斑鬼……？"竹下一惊,后退了一步。

橘一脸惊愕,小声道:

"原来是这么落魄的家伙。"

关你何事!

内藤转身朝久太郎,微微一欠身。

"我的手下们失礼了。……不过斑目,正如我之前所说的,这里没有你的地盘……别逼我说得太难听,离开江户吧!"

"……内藤,我只是坚信着我的剑道而不断精进不想放弃而已。"

久太郎说完便转身离去。

等久太郎的背影完全消失后,橘朝内藤认真地道了个歉:

"内藤大人,失礼了!您和斑目是相识吗?"

"我们属于不同的藩,但在同一个道场上流过汗。"

"说起斑目这个名字,倒是听说过。"竹下道。

"过去在御前比试中他是连战连胜,在剑术上无人能超越他。"

内藤像是在追怀过去似的仰头朝天,又忽然低下头笑了起来。

那并非怀念的笑，而是让人感觉阴森的笑。

"不过我和他的决斗还并没有结束……"

"他既然那么厉害，又为什么成了浪人呢？"橘问道。

"那家伙很强，毫无疑问很强，但是，太天真。……虽被称作斑鬼，内心却是个成为不了魔鬼的可悲的男人。"

橘和竹下不知该怎么接话，于是内藤也拍拍手走了。

回去的途中，久太郎边走边回想着过去。当时自己还太年轻，因为争强好胜也曾伤害过别人。

路过若菜的摊前时，久太郎看都没看一眼就过去了。

"啊，武士先生，你好呀！"

久太郎的过去过于灰暗而沉重，以至于他都没有心力去顾及若菜的招呼声。

若菜一脸茫然，无奈地耸了耸肩。

※　　※　　※

时间回到十五年前，地点在江户。

在无双一刀流的道场，有两个被师父并称为"二刀"的剑士。

其中一人便是内藤勘兵卫，时年十八岁。他那刚劲的臂腕配上超过三尺八寸的长刀，只能用一个"狠"字来形容。一刀下来，普通的刀剑和刀法根本无法招架，很多人直接被劈掉了脑袋。

而另外一个则不一样。

他是唯一一个能让内藤发出"第二刀"，且无法正面决出胜负的人。他就是人称"斑鬼"的斑目久太郎。

如果说内藤的刀法讲究刚劲直接，一刀定乾坤，那么，久太郎则更注重变幻莫测的技巧，利剑悄无声。久太郎最初的一刀往往迅雷不及掩耳，根本无从招架。这就是他与内藤的区别。

虽然二人同被称为"二刀"，在道场内备受推崇，但内藤却一直心有不甘。

他想要的是"独一无二"的称号。他从不和久太郎以朋友身份相处，内心一直对他抱有复杂的情感。

有一天，道场主通知说守城的武士将要来道场参观，决定让内藤和久太郎在众人面前进行比试。这样的比赛即便道场里的人也是难得一见的，所以引起了一阵轰动。

内藤目光敏锐，而久太郎微闭着双眼。

当天,在众多观众的注视下比赛开始了。

然而,从比赛的哨声吹响已经过去了很长时间,第一个回合还没有比完。

从城里来观战的武士们也开始打起了哈欠。

只见二人相互交锋后各自后退,调整一下呼吸继续交战。

就这样重复了好几十回合仍然未能决出优劣。

最初几回合还听到了喝彩声,可是一直持续了六十回合大家也都看厌倦了。

"停!"

突然有人喊道。

是江户城的剑术指导师。

"虽然都很有实力,但过于均衡就没有意思了。"

他丢下这句话就转身走了。

他一走,其他人也都跟着走,道场内顿时充满了不安的气氛,给"二刀"造成了很大的压力。

最重要的是,从这次比赛以后,内藤心里就对久太郎产生了"疙瘩"。

久太郎也不是不明白内藤当时的心情。

但他发现内藤心中的"芥蒂"一直持续到现在。

也知道了他心里的疙瘩到现在都没有消除。

久太郎被内藤的事弄得脑子里很纷乱,什么事情也思考不了。

※　　※　　※

又近傍晚时分。

寺里的钟声响起,天空也被晚霞映成了红色。

在空无一人的神社境内,久太郎独自注视着自己手里的刀。

这是一把完好无损的刀。没有沾染过人血,也没有伤过任何人的骨肉。刀刃上没有一处崩口,连刃纹也丝毫不乱。

无论别人怎么说,我只有剑道这一条路。

——话虽如此,对于杀害"生命"的事却下不了手。

久太郎对着刀陷入了思索。

这时,发现风吹草动的声响中好像还夹杂着什么其他的声音。

"竟然纠缠不放,跟踪过来了吗?"

久太郎收起刀,准备折返。

两个人影已经出现在面前。

果然是橘和竹下。

"稍等！我们有话跟你说。"橘道。

"有话就先报上姓名！"

"失敬了！在下橘京三郎，在根仓藩内藤大人手下办事。"

"我也是。我叫竹下藤吾。"

橘向久太郎行了个礼，向前一步道：

"我们想请斑目阁下加入到我们藩。只要我们推荐，肯定能给您谋一个职位。"

橘边说边不断地瞧着久太郎，那眼神像是在估算着一件物品的价值。

"不过……有一个条件。"

久太郎步履沉重地回到了猫见屋。

他感到路边的寻人告示都在讥笑他。

其中最为显眼的就是那个寻找杀猫凶手的牌子。

自从上次久太郎把它砍断，换了个更粗的柱子后变得更显眼了。久太郎看了就来气，真想拿把大斧头把它砍掉。

他像什么也没看见似的，匆匆从告示牌前走过。

久太郎推开猫见屋的拉门，朝里面喊了声"我回来了"。

很快，阿七抱着玉之丞出来了。玉之丞在阿七怀里滴溜转着眼睛看着久太郎。

"爸比你回来啦！"

阿七轻轻抓起玉之丞的前爪，朝久太郎摇了摇。

"爸比？！"

"不是你可爱的小闺女吗？"

阿七把玉之丞还给久太郎，伸手道："付钱吧。"

虽然久太郎对她这伸手的动作已经习惯了，明白其中的意思，可还是问了句：

"这也收钱吗？"

"看那边。"

阿七手指的墙壁上贴着一大张纸。

久太郎知道那上面写着各种商品和服务的价格，却发现增加了以前所没有的新项目。

只见上面写着：

照看猫咪——一天二十文（含两餐），半天十二文（含一餐）。

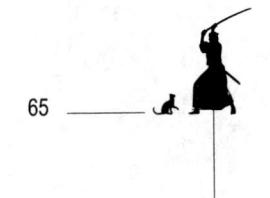

记得早上还没有的啊……

久太郎很想发牢骚,却还是无奈地给了钱。

"多谢惠顾!"

阿七发现久太郎一脸的不高兴,眉头皱得比任何时候都深。她一边收起钱一边问道:

"好像有意见?"

久太郎没有回答。阿七又说:

"放我这里可跟送给邻居老奶奶照看不一样哦。在我这里,万一有个伤病什么的还可以应对,饭食又可口。"

"……我不是这个意思。"

阿七察觉到一定有什么事情。

"……工作的事不顺么?"

"……"

久太郎无法和她详说,这种没办法说出口的感觉很痛苦。

一缕夕阳照进了猫见屋的店里,在默默站立的两人身后拉出一道长长的影子。

久太郎抱着装有玉之丞的鱼篓子走出了猫见屋。

◆

回到长屋后,他把玉之丞从篓子里抱了出来。

玉之丞马上跑到榻榻米接近土间[1]的边上卧下,尾巴从榻榻米上垂下来,轻轻地摇动着。

玉之丞非常自在,什么烦恼也没有。

而相反,久太郎在为自己的过去而苦恼,他很羡慕玉之丞的自由自在。

久太郎换下外衣,在玉之丞旁边坐下,面色凝重地思考起来。

"到底该怎么办呢?"

他说着抚摩了一下玉之丞,而玉之丞只是舒服地"喵呜"叫了一声。

他回想着橘和他的对话。

橘像是怕被别人听见似的警觉地压低着声音说的。

不想被别人听见那是因为含有隐情。

"近期,我们藩将要举行一次御前比试。我们正在寻找能够成

---

[1] 土间:没有地板和榻榻米的土地面房间。

为内藤大人对手的剑豪。"

"这个嘛……算你们找对人了。"

久太郎点点头,表示接受。

"你先把话听完。"竹下在一旁道。

橘继续道:

"希望你能故意输给他。如果能打败无双一刀流最厉害的传人,内藤大人定会前途无量。这样,作为部下的我们也能跟着受到提拔。"

橘说完,嘴角露出了一丝微笑。

"你仔细想想吧!只是假装输一次,一辈子的生活就无忧了,不是很划算吗?再说,也并不损害你的名誉。只要让人看出你虽然输了但很有实力就可以了,这样内藤的胜利也显得更有含金量。"

"是呀,"竹下也点头道,"懂得在组织里面灵活应对也是作为武士应该会的啊。"

久太郎问橘:

"……内藤知道这件事吗?"

"不知道,这是只有我们才知道的秘密。"

橘答道。

这是一项卑劣的交易,但久太郎却无法干脆地拒绝。

作为一个武士活下去难道就得这么痛苦吗?

"……要是以前,我会毫不犹豫地拒绝的。"

久太郎把玉之丞抱到腿上,慢慢地抚着它的背。

"无论对方是谁,我都会堂堂正正地竭尽全力迎战。这才是武士之道……"

可是……

※　　※　　※

离开加贺那天,久太郎因为想看看阿春是不是已经回屋里了,所以刚走出不远又回头看了看。

他看到的是一个正在朝自己望着的身影,和门柱子边那隐约可见的熟悉的和服袖摆。

他突然感到一阵心痛。

"阿静……"

久太郎看不见她脸上流淌的泪水,但他非常理解妻子当时的心情。

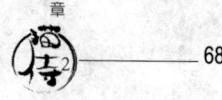

所以，他一咬牙脱下了斗笠，朝阿静低头行了个礼。

为了有朝一日能够继续作为家人一起生活。

※　　※　　※

如果接受了他们的条件，也许还能挽回这个家庭。

然而，他又很犹豫。

在武士的荣誉和亲情的羁绊之间不知该如何抉择。

"放水的比赛……到底是该接受还是该拒绝呢……"

每抚摸一次它的后背，玉之丞都会左右摇摆一下它那雪白的尾巴，像是在说：继续摸，不要停。

"我该怎么办……"

久太郎轻轻抱紧玉之丞。

玉之丞不可能知道该怎么办。久太郎虽然明白这一点，但他还是把它那"喵"的一声看作是玉之丞对自己的安慰。

失落迷茫中，有人来相邀，却是美丽圈套。几度问猫咪，终是无言物。

突然，听见有人敲门，久太郎立刻拿起刀来。

"是我，佐吉。"

听那声音感觉事情不妙，久太郎坐着不动继续观察情况。

而佐吉的声音越来越大，敲门的力度也越来越强。

"我是佐吉，今天来有重要的事情相告！"

一阵敲门声后，又大声喊道："快开门啊，武士大人！"

久太郎轻轻地朝门口走去。

"武士大人——"

难道事情败露了？

他仍然没有开门，而是仔细听了听外面的动静，但并没有听到石渡等人的声音。

这是不是石渡利用佐吉引诱我出来的计谋呢？还是……

不过，看样子肯定是出了什么事。

到底要不要开门呢？

久太郎犹豫了片刻。

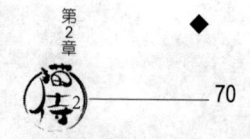

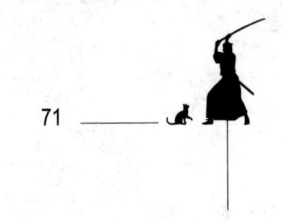

石渡和八五郎此刻正躲在长屋的一个角落，密切注视着其中一户的动静。

终于获得了指向犯人的有力线索，二人脸上都难掩喜悦之情。

"是他呀。"

八五郎道。

"终于找到了。"

石渡面露奸笑。

石渡握了握捕棍，八五郎则重新系了系草鞋带子，时刻准备冲进去。

第 3 章

"请您快开门啊!"

木门被敲得"咣当咣当"响。

佐吉似乎急得很,不顾一切地喊着门。

久太郎怕吵着近邻,于是稍微把门打开一点,好让佐吉的声音小一点。

然而,佐吉好像因为门开了放下了心,声音反而更大了。这样一来,左邻右舍全都听得清清楚楚。

"啊,武士大人!快让我进去!"

"喂！你……"

久太郎用力抵住门，朝后面看了看。

因为突如其来的吵闹，玉之丞已经躲到壁橱里面去了。

佐吉硬将肩膀塞进门缝中，接着把腿伸进去，这样门就无法关上，然后把整个身子挤了进去。

简直比强买强卖还要可恶。

"打、打扰了！"

"喂！谁让你随便……"久太郎还没来得及把话说完。

佐吉似乎是一个人来的。

他往土间一坐，低头行了个礼。由于土间没怎么打扫，尽是尘土，他那上等的加贺屋的和服已经被弄脏了。

久太郎觉得他太无礼，不问缘由地强行要把他拉起来。不想佐吉立刻慌了神。

"要是被人看到了是我就坏事了！"

"到底怎么回事？"

久太郎问道。佐吉慌慌张张地说道：

"石渡去加贺屋了，说了些怪怪的话。"

久太郎的心开始怦怦跳起来。

他有一种不祥的预感。

"他们说玉之丞可能还活着。"

心脏跳得更厉害了。

久太郎的心脏"扑通扑通"地剧烈跳动着，甚至让人怀疑佐吉都能听得到。

从刚才开始心里就一直念叨着"败露了，败露了……"，汗从脖子到后背成一条直线往下流。

"当然，我并没有怀疑您的意思……"

佐吉嘴里虽然这么说，眼睛却一直盯着久太郎看。

久太郎反过来也瞪着他看。这是武士，不，应该说是斑目久太郎的习惯了。

久太郎用佐吉所无法比拟的气势反瞪着他。

两人就这样对视着。

无言的角力持续了一会儿，最终在久太郎恐怖的表情和超过常人的耐力面前，还是佐吉先把视线移开了。

◆

在鬼灯长屋外面，离久太郎家不远处，石渡和八五郎正在密切注视着长屋内的动静。自从佐吉出了加贺屋后，他们就一直尾随其后。

他们也清楚地看到了佐吉进入了久太郎的屋子。

不过二人只是埋伏在外面，一直按兵不动，因为石渡认为要抓捕佐吉和久太郎，关键证据还不足。

"这么久还不出来，我们闯进去吧！"

"……不，再等等！"

就在石渡拦住心急的八五郎的同时，久太郎那边传来了开门声。

◆

"我就说嘛，没什么好担心的！"

只见佐吉边笑着边兴高采烈地走了出来。

而久太郎则露出一张很不高兴的脸。

因为费了很大的劲才把佐吉给赶了出来，久太郎已经疲惫至极。

在久太郎看来，一脸笑容的佐吉实在是个很讨厌的家伙。

而佐吉根本不在意久太郎的样子，继续道：

"最近有点神经过头了，真是个胆小怕事的人啊。我说我呢，哈哈哈哈。"

久太郎还是朝佐吉瞪着眼。

他已经什么也不想说了，说了也白搭。

"石渡迟早也会发现，哪能总是执着于一只已经死掉的猫嘛。还有就是，老爷要是快点恢复精神就好了。"

佐吉说到主人时，表现出了一脸担心的表情。

"也许他会再养一只猫吧。"

"不行不行，这一次就已经够了！主人所需要的并不是猫。要让他知道，有一个一心为他着想，尽力辅佐他的人在身边是多么的难得。"

"……"

"啊，不过，要是真的养了别的猫的话……到时候就再——"

佐吉做了一个抹脖子的动作。

"拜托您啦！"

他满脸媚笑地恳求道，唯独眼里没有笑意，着实让人感觉恐怖。

久太郎看到佐吉的样子感到很反胃，揉了揉自己的肚子。

他还准备让我斩几次？

这家伙脑子进水了吧……

佐吉傻呵呵地笑着，提着灯笼摇摇晃晃地走了。

久太郎回屋抓了一把盐撒到门外，然后用力关上了门。

◆

看到佐吉从长屋出来消失在夜色中后，石渡朝八五郎喊了声："走！"

八五郎早就等烦了，坐在地上不动，石渡一把抓住他的领子硬把他拉了起来。八五郎"哎、哎"了两声，很不情愿地站了起来。

石渡见状，突然大叫道：

"答应一声就够了！混账！"

看来他也等急了，情绪很不好。

石渡像是发泄焦躁的情绪似的，"咚咚"地使劲敲着门。经不住他那粗壮的手腕的敲打，门"咯吱咯吱"直晃，感觉就要被拍坏了。

"有人吗？斑目！"

里面没有回应。

石渡看看八五郎，暗示他硬闯进去。

八五郎抓住门边，准备拉门，可是里面似乎有东西顶着，只是"咣当咣当"响，却打不开。

"躲开！让我来！"

石渡一脚把门踢烂了。

屋里空无一人。

"嗯？没有人！"

首先冲进去的八五郎看了一圈道。

"怎么可能？"

石渡也进去了，不过确实不见人。

"可是，刚才这里确实……"

油灯还点着，而且刚才确实看到有人的。

石渡没有作声，朝后院看了一下，那边的拉门全都是开着的。

"跑掉了吗？或者是……"

石渡小声嘀咕着。

"什么？"

石渡没有回答八五郎，而是命令他道：

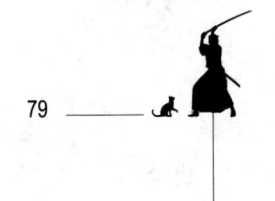

"你留下来！"

"嗯？"

八五郎没有理解他的话。

"就是说让你守在这里！"

"啊？"

八五郎一脸不情愿。石渡挥起拳头，凶神恶煞地瞪了他一眼。

在八五郎看来，上司石渡比起久太郎还要恐怖。

他只好答道：

"……好吧，知道了。"

"我去追那家伙。"

石渡出了长屋后立刻朝街上去追佐吉去了。

◆

久太郎把佐吉打发走后，急忙跑到后院躲了起来。

他非常吃惊捕快会来得这么快。

他没想到他们会这么快就冲进来，都没来得及关上朝后院的拉门，他觉得失算了。要是关上了拉门，很可能就从后院越过篱笆桩逃掉了。

小小一扇拉门就让自己陷入了危险的境地。

留下来的八五郎小声嘀咕了句:"很快就会回来的吧。"然后在屋子正中间坐了下来。久太郎不知道他说的回来是指石渡还是指自己。

久太郎躲在隔壁人家晾晒的被子里面。是一床干被子,隐约能看到小孩尿床后留下的斑迹。不过,躲在那里面刚好能瞧见屋里的情况。

八五郎坐在那里一动不动,连屋里的样子都懒得看一眼。

久太郎能窥见他的样子,而从点着灯的室内很难看清黑暗的外面,所以八五郎好像是看不见久太郎的。

久太郎稍稍舒了一口气。

可能是气息传到了耳朵上,抱在怀里的玉之丞突然"喵呜"叫了一声,抬头看了看久太郎。

"嗯?什么?"

八五郎朝后院方向看了看。

久太郎心想,不好!连忙捂住玉之丞的嘴。

而玉之丞以为久太郎是在和它玩耍,用小嘴轻轻啃起久太郎的

指头来。

久太郎看见八五郎站了起来,朝廊檐边走过来。

糟了!

久太郎赶忙紧捂住玉之丞的嘴,往被子里面藏了藏。

久太郎紧张万分,而八五郎却没怎么细看就回到屋里去了。

久太郎大舒一口气,朝着玉之丞道:"嘘!"玉之丞不可能明白他的意思,只是茫然地看着他。

这样下去该怎么办呢?

有八五郎在这守着,想跳过栅栏逃出去是不可能的了。

◆

佐吉稍微加快了脚步,往加贺屋走去。

他可能是已经注意到了石渡。

要是平时,他会不紧不慢地走,可今天因为恐惧,他紧绷着脸,额头上冒出了大颗的汗珠。他的步幅越来越大,时不时会踉跄一下。

他知道,石渡是一个人称"水刑之政"的可怕的捕快。

虽然他在久太郎面前说了"没什么好担心的",但他不可能一点也不担心佐吉。

"我可不想受水刑啊。"

正想着,脚下踩到一块小石头,佐吉一个趔趄摔倒在地。

"啊!"

佐吉大叫一声,没有任何防备地重重地趴在了地上。

他一边喊着"疼、疼……",一边试图站起来。一看脚上的草鞋,夹趾的带子已经断了。

灯笼也从手里甩了出去,灯罩滚到了一边,灯芯的火焰蹿得老高。

"真是的!这难道是不祥的预兆吗?"

身上的衣服也弄脏了,用手拍了拍泥土,可怎么也拍不干净。草鞋也没法再穿了。

佐吉就着灯笼燃烧的火光,从怀里掏出一块手绢,用牙齿咬住撕成了几块碎条子。他用碎条子穿进草鞋系了一下,重新做了一个夹趾的带子,看上去手法还很熟练。

"回去得买双新的了。"

他站起身准备回去,正好这时火灭了。

虽然没有灯笼,心里有些害怕,但毕竟是走熟了的路,佐吉壮

壮胆往前走。

"……喂！"

突然从身后传来一个低沉而恐怖的声音。

佐吉战战兢兢地朝声音的方向望去。

一个巨大的身影立在黑夜当中。他的眼睛也逐渐适应了黑暗，慢慢看清了对方的面孔。

"呀，是石渡大人……"

"我说，你口渴吗？"

"哎？"

"要不要去喝点水？"

夜晚的街道上响起了佐吉无力的尖叫声，不过很快就被石渡捂住了嘴，还没来得及被任何人听见就消失得无影无踪。

佐吉被带到了"大番屋[1]"。

那是一个拷问犯人的房间，屋梁上吊着滑轮和绳索。此外，还有用来吊起犯人的装置，房间的一角还放着用来使犯人岔开双腿的木头的三脚架。

---

[1] 大番屋：江户时代，用来看守、讯问嫌犯的场所。

四面的墙壁上还挂着各种铁制的拷问工具。

有锯子、刀、绳子、鞭子……就算不知道是用来干什么的，只要看一眼就能让人闻风丧胆，什么秘密也别想隐瞒。

佐吉被反绑着双手，跪坐在房间正中央的席子上。

面前准备了满满的一桶水。

石渡在佐吉的旁边蹲下，用力揪住佐吉的后脑勺。

"看清了没？正是本人！"

随着石渡的一声喊，佐吉的头已经没在了水桶里。

因为整个头淹在水里，无法呼吸，佐吉痛苦地挣扎着，而石渡却死死地按着不许抬头。直到佐吉的气息快要到达极限时，石渡才把他的头拽了上来。

佐吉张大了嘴巴，拼命地呼吸着。

他已经顾不得有水从鼻子里吸进去，贪婪地吸着空气。

水被吸进了气管里，剧烈地咳嗽了起来。

咳得几乎接不上气来。

不过，下一秒钟，佐吉的头已经又在水桶里了。

就这样反复了好几回后，石渡才终于进入了正题。

"是你让那个浪人斩杀玉之丞的吧？花多少钱雇的？二两还是

三两？"

"啊……啊……，我……我什么也不知……"

"少给我装蒜！快点招了吧！"

佐吉的头再次被石渡按进水桶里。

因为话还没说完，大量的水一下子涌进了嘴里。

佐吉渐渐虚弱下去了，而拷问却越发严酷起来。

◆

久太郎仍然躲在后院里。

如果往外逃的话，肯定会弄出比刚才玉之丞更大的声音。这样一来，八五郎必然会着重加强对后院的戒备，所以，轻举妄动只会增加危险。

但是，又找不到其他的办法。

看来只能等待"天时"了。

久太郎慢慢靠近门口，窥探屋里的情况。只见八五郎躺在榻榻米上，好像是等烦了。要是他睡着了就可以堂而皇之地跑掉了，可是八五郎只是懒懒地躺在那里，似乎并没有睡意。

他时不时地看看门口,翻个身。

过了一会儿又翻个身,挠挠屁股。

久太郎又凑近一点,直到能完全看清里面的情况。

八五郎把石渡踹坏的门重新装上去了,不过门是完全敞开的,他正朝外面眺望着。

他大概在等着石渡回来,不过石渡却丝毫没有要回来的迹象。

这时,八五郎打了个哈欠,在屋中间打了个滚把头朝向了久太郎所在的后院。

呀……

久太郎赶忙俯下身躲到外廊下侧。

然而……不争气的玉之丞却"喵呜"叫了一声。

不好!被发现了!

他干脆钻到外廊的地板下面去了。里面尽是蜘蛛网和灰尘,平时的话怎么也不会进到这里来的,而现在已经顾不得那么多了。

头上的地板发出了"吱吱"的声音,灰尘从板与板的缝隙中落了下来。

上面传来了八五郎的声音:

"有人吗?"

久太郎赶紧抓住玉之丞塞进怀里。

过了一会儿,又听到八五郎放心地说道:

"原来是野猫啊。"

接着便听见他走回屋内,然后躺下的声音。

久太郎长长地吐了口气。

先出去再说吧。

久太郎轻手轻脚地慢慢移动,又回到那床被子后面藏了起来。

他把玉之丞抱起来,狠狠瞪了它一下,然后对着它光用口型不发声地命令道:"安——静——点!"

而玉之丞却满不在乎地对着久太郎的脸舔起来。

急得久太郎汗都出来了。

不过,看到它那可爱的样子,久太郎又乐了起来,嘴角忍不住泛起了微笑。

看到玉之丞与平时无异,心里反而踏实了。

◆

拉着货摊回到长屋的若菜发现久太郎的门是开着的。因为玉之丞的原因，他很少敞开门的。

若菜觉得纳闷，经过久太郎屋前时便往里面瞅了瞅。

正巧这时八五郎也在朝外看，两人的目光正好遇上了。

"咦？"

若菜大吃一惊。

"看什么看！"

八五郎不耐烦道。

若菜满脸的疑惑，说了句"没什么"便走过去了。

"被人看到了会不会不好？"

八五郎小声自语道。

久太郎听到了若菜进屋的声音。

他把耳朵凑近后院的木板门，听见若菜说了声"累死我啦"。

接着，他又听见若菜在自言自语说：

"那个人不是捕快么？武士先生是不是犯了什么事？长了一张那么恐怖的脸。"

跟脸没有关系！

久太郎心里很生气，不过他还是轻轻敲了敲若菜那边的木板门。

——咚咚

只听见屋里传来惊恐的声音:"嗯?谁?"

若菜不免会起疑,不过她已经没有选择。

"谁呀?"

刚问完,久太郎已经伸出头进来了。

暗处的久太郎,看起来吓人一跳。

破旧的衣衫上沾满了尘土,看起来就像个强盗或是杀人犯,样子极为凶恶。

"呀——!"

"嘘!是我。"

"哎?"

若菜捂了下自己的嘴。好像是放了心似的,压着声音说道:

"是武士先生啊。吓我一跳,还以为是强盗呢。怎么衣服弄这么脏,还赤着脚?"

"先别问那么多,打扰你一下。"

"哎?这哪是打扰一下!"

"声音小点!"

"太脏了,把脚擦擦。"

若菜给久太郎递了块抹布。

"到底怎么回事？我看到你屋里有捕快在……"

"不能被他发现了……请你帮我个忙。"

"……什么意思？"

若菜一头雾水，不过，和她详细解释也很费劲。

久太郎抱出怀里的玉之丞让若菜看。

"拜托了！现在能依靠的人只有你了。"

若菜的脸上立刻绽放出笑容。

"明白了！只要是为了小玉，我一定会尽力的喵。"

真是个单纯的家伙，太好啦！

久太郎舒了一口气。若菜瞅着久太郎的脸道：

"那接下来该怎么办呢？"

"先从这里逃出去。"

"那……"

若菜四处瞅了瞅，寻找可以使用的东西。突然，目光停在了一样东西上。

"就用这个！"

看到若菜所指的东西，久太郎回问了句："行吗？"

若菜悄悄出去朝久太郎的屋子里看了看。

八五郎仍然百无聊赖地躺在榻榻米上，嘴里还一直嘟囔着：

"哎，真无聊啊，到现在也不见一个人回来。"

看来他是不会主动行动的，只是以留守的名义在那消磨时间。

若菜又悄悄地回到了屋里。

"看来没问题！"

两人决定开始行动。

若菜把货摊上架的油锅和其他用具都搬了下来，然后对久太郎说：

"用这个逃出去！"

一个大人坐进去完全绰绰有余。

"可这个不是用来坐人的啊。"

"别啰唆了，快点！"

久太郎在若菜的催促下抱着玉之丞钻进了货摊的箱子里。若菜在他身上盖了一张草帘子。

"出发吧。去哪里？"

"猫见屋。"

若菜拉起了装着一个男人和一只猫的重重的货摊。

"没想到你一个女孩子还蛮有劲的嘛。"

久太郎道。

"我每天都拉它可不是白拉的。"

若菜说完朝久太郎屋内瞟了一眼。

正巧八五郎也在朝这边看,两人的目光再次相遇了。

"喂!"

八五郎站起身走了出来。

"干、干吗?"

由于紧张,若菜的声调变得有些怪怪的。

"来一根甜喵棒。肚子饿了。"

"……哎?不、不好意思,已经卖完了。"

"没东西卖干吗出去?"

"去、去买材料,准备晚上出摊。"

若菜拉着货摊匆匆从八五郎面前过去了。

沿着堤岸,若菜汗流浃背地拉着货摊朝猫见屋走去。

随着若菜一声"到啦",货摊也停了下来。

久太郎抱着玉之丞掀开帘子站起来，然后从箱子里跳了出来。

猫见屋周围没有人，不过他们还是小心地敲了敲门。

虽然这时店里已经熄灯了，可是除了阿七实在没有人可以托付。

"今天已经打烊了……"

阿七边说边打开了门。

看到久太郎比平时更加紧皱的眉头和若菜那严肃的表情，阿七把准备抱怨的话收了回去。

"这么慌慌张张的，发生什么事了？"

这时，久太郎怀里的玉之丞像是回应她似的，"喵呜"叫了一声。

阿七接过玉之丞，紧紧地抱在怀里道：

"真是个麻烦的武士啊。"

阿七很快就弄清了事情的原委。

"这么说，都是因为与左卫门家的掌柜的，事情才弄成这样。"

"嗯，是这样的。"

苦恼的久太郎使劲点了点头。

这里面包含了对自己的行为深深后悔的心情，也含有因为有东西需要自己去保护，而要重新再来的决心。

也不知道是不是看出了久太郎的内心想法，阿七像一家人似的开始为他出主意。

"那现在该怎么办呢？"

"有没有一个暂时不会被石渡发现的地方？后面我自己再想办法。"

"知道了！"

阿七很快拿了一张旧地图过来。地图上有几处标了红色的地方。

"离这儿最近，又能住人的是……"

阿七边说边翻看着地图，很快就找到了地方。从地图上看好像在离这儿不远的郊外。

"那里有一个没有人住的屋子，暂时就藏到那儿吧。"

三人等到天明后，悄悄出了猫见屋，往地图上的地方走去。

◆

这是一间掩映在一片树林中的废弃的木板屋，即便是白天屋子里面也很昏暗，周边看不到一户人家。

阿七最先走近把门打开，毫不犹豫地进去查看一番。

"嗯,看来还能用。"

"你还知道这样的地方啊。"

久太郎道。

"我刚来江户的时候,身无分文,只能借这里躲一下风雨。"

听说阿七在这里住过,若菜一脸不可置信的表情看着她,惊讶道:

"在这里?"

"人都会经历很多,女人也不例外。"

任谁也不会相信这里竟是一个孤身女人曾经寄居的地方。住在这样一个不知什么时候会冒出个什么东西的地方,实在是太危险了。

进到里面,一股榻榻米和柱子腐烂的味儿扑鼻而来,不过还没有到不堪忍受的地步。

好在里面的东西都还没有遭到毁坏,地炉也还基本能用。

三人围坐在榻榻米上,商量着今后的对策。

"暂时只能躲在这里了。"

阿七道。若菜担心地说:

"……可是,这也不是长久之计啊。"

久太郎在一旁沉默不语。

确实，总是把玉之丞藏起来也不能解决问题。

这时，若菜提议道：

"不如把小玉送回加贺屋吧。"

但久太郎并不同意。

"……送回去还是会性命不保。"

"可是，你自己也在被追捕啊。要是被抓到了可不得了。"

若菜想尽力说服久太郎。

"你可以半夜悄悄地把小玉送回去……对啦！也可以另外养一只猫呀，养一只不会将你卷入纷争的猫。"

久太郎始终阴沉着脸，皱着眉头，不愿看若菜的眼睛。

阿七插了一句：

"恐怕非玉之丞不行吧？"

久太郎发现自己的心思被看穿，有点不安。

"因为已经是家人了嘛，是吧？"

阿七轻轻一笑。

"什么家人……"

久太郎嘴上这么说着，却发现自己反驳得很无力。

若菜抚摩着玉之丞，问道：

"小玉,你也想和武士先生在一起吗?"

趴在榻榻米上的玉之丞只是缓缓地摇着尾巴,它不可能给予任何回答。

久太郎忽然站起身。

"怎么了?"

"你和玉之丞在这等我,我一定会回来!"

久太郎把刀挂到腰间,头也不回地跑出了那间破屋子。

若菜和阿七知道他决心已定,什么也没说,目送着他远去。

◆

大番屋里,全身浇透的佐吉正喘着粗气接受石渡的拷问。

尽管早已是涕泪横流,狼狈不堪,可佐吉的嘴里仍然没有吐出"久太郎"三个字和杀猫的事实。

"还不招是吧?"

见佐吉只是"呼呼"地喘着粗气,什么也不说,石渡用他粗大的手一把抓住佐吉的头发往上一拎。佐吉的嘴里被插上一个漏斗,什么也说不出来了。

石渡冷笑着,另一只手里握着一把水舀子。

他将满满一舀子的水从漏斗硬灌了下去。

"咕嘟咕嘟……"

因为是被强灌下去,水流到气管里面都来不及呛。

两舀,三舀,水不断地被往下灌。

◆

久太郎沿着河滩往前走。

河滩上有两个人影,正在等着久太郎。他们的腰间挂着大小两把刀,是正式的武士。

他们是根仓藩的橘和竹下。

久太郎在两人前面停了下来。

"……已经等你很久了。"橘道。

竹下问:

"可以告诉我们你的决定了吗?"

久太郎仍然不语。

橘对久太郎的样子很不耐烦,语气强硬地说:

"还在犹豫吗?真是个优柔寡断的家伙啊!"

竹下表示同意:

"错过了这个机会,你就一辈子当浪人吧。"

久太郎确实很犹豫。为了保护玉之丞和家人,舍弃自己一直以来的坚持究竟是对还是不对呢?

不过,他还是做出了决定。

久太郎开口道:

"……给我准备个房子,我想把家人接过来。"

"噢?"竹下微微一笑。

"知道了,知道了。这是小事一桩。"

橘也笑着答应了。

久太郎继续道:

"还有……"

"还有什么要求?"

竹下问道。久太郎道出了心里话:

"可以养猫吗?"

"养猫?"

橘和竹下互相看看,大笑了起来。

橘边笑着边说:

"原来你也有与你这张脸不符的可爱的一面嘛。"

和脸没有关系!

"好吧,随你养多少只都可以。"

竹下确认似的问道:

"也就是说答应了是吧,假比赛的事情?"

久太郎轻轻点了下头。

橘笑着把手搭到久太郎的肩膀上,道:

"不愧是天下无敌的斑鬼!"

久太郎不高兴地瞪了他一眼,橘立刻把手收了回去,故意咳了两声,转移话题道:

"总之,就这么定了。别忘了,比赛结束后,要双腿跪地朝内藤大人说一句'我输了',明白了吗?"

"你要是做不到,就休想要房子,猫也别想!"

竹下朝久太郎戏弄似的说道。

橘开始安排比赛的步骤:

"一开始你占据优势,尽力朝对方进攻,而中途你逐渐被内藤大人的剑挡了回去,但一定要做得自然。到最后,你被内藤大人击中头部,输了比赛。"

竹下大笑着继续道:

"然后,你就踉踉跄跄地跪倒在地。对了,现在就来试一个吧!"

久太郎已感到忍无可忍,脸色异常难看,朝竹下怒目而视。

竹下被他杀气腾腾的眼神吓得哆嗦了一下。

"……哎呀,对不起!是小的放肆了……"

久太郎厉声喝道:

"那就请你们教教我怎么跪!"

"实在对不起了!"

两个武士齐刷刷地跪在了河滩上。

傍晚的报时钟已经响起,天色逐渐黑了下来,江户城里的行人也少了很多。

主干道上,因为天刚黑,还有一些喝酒的、逛夜市的人,到了里面的小巷子,人就明显少了。而到了大名的宅邸区域,就更没有人了。

内藤所在的根仓藩宅邸也是大门紧闭,已经上了门闩。

有两个人影轻轻地敲了门进去了。

二人迅速来到内藤屋前,隔着拉门朝里面道:

"内藤大人,我是橘京三郎。"

"在下竹下藤吾。我们有急事要向内藤大人报告。"

内藤淡淡地回了句:

"说吧。"

虽然看不见对方,橘仍然弓着腰道:

"这次的御前比试,对手定下来了。"

"……是谁?"

"就是那个斑目久太郎。"

竹下也弯着腰,回答道。

名字刚说出口,只听拉门"咣当"一声打开了。

两人听到声音后抬头一看,只见内藤已经站在廊边,脸上浮现出少年般的笑容。那笑容是橘和竹下从没有见过的。

"内藤大人和斑鬼进行对决的话,殿下一定也会很高兴的。"

内藤只是笑着,对橘的话未置一词。

"怎么了?对这个对手不满意吗?"

竹下发现内藤的神情不太自然,于是问道。

"没有,没有什么不满意。我知道了。"

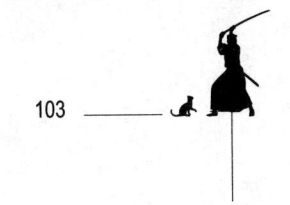

内藤说完便走了。

橘和竹下相互看了一眼,暗暗笑了下。

◆

久太郎独自向前走着,路上一个人也没有。

这样一来总算好了……一切都能圆满解决……只要我比输了,大家就都能幸福,可是……为什么我一点儿也高兴不起来呢?

不知不觉已经走到了郊外的那间破屋子。

久太郎一抬头,看见若菜正抱着玉之丞站在破屋的前面。

若菜看到久太郎后立刻兴奋得像个孩子似的,喊道:

"您回来啦!"

"……"

久太郎点点头。

阿七也手拿着扫帚从屋里出来了,好像正在打扫屋子。

阿七和若菜站在一起,迎接久太郎回来。

"回来啦!"

久太郎忽然感到一种莫名的舒心。

日暮黄昏到，焦急等待迎上前。有猫有你，有我，有陋室。

◆

若菜和阿七都已经回自己家去了。

剩下的只有久太郎和玉之丞。久太郎打坐似的盘着腿，一动不动。

而玉之丞把身子蜷在一口锅里，团成"猫锅"的形状睡了。

久太郎轻轻睁开眼睛。

我为了追求剑道一直坚持到了今天。……万万没想到天下无敌的斑鬼，竟然要特意在众人面前下跪。

"我输了！"

久太郎做了一个标准的下跪动作，面向着玉之丞。

竟然向猫下跪了！

玉之丞睁开眼睛，看了一下久太郎。

"喵呜！"

久太郎抬起头道：

"别这样看着我嘛,这只是练习。人家说这也是武士的修行之一,可不是我想这么做的。"

说着从锅里抱起玉之丞,举到自己面前。

玉之丞的眼睛直直地看着久太郎。

这眼神,莫非是在鄙视我?……不,是同情吧?

他把玉之丞放到腿上,轻轻地抚着它的背。

玉之丞配合地"喵呜"叫了一声。

"什么也别说了,这是第一次也是最后一次。一定会呈现出最完美的一跪!"

玉之丞可能是被抚摩得舒服了,骨碌一下滚到榻榻米上,四脚朝上,露出了白白的肚毛。

真软和呀!

让人忍不住伸手去摸。

"不犹豫了,就这么定了!下跪就下跪!……可是,心里还是不想输啊。"

久太郎把脸埋进了玉之丞的毛里面。

不知何时,夜空中已经洒下了满月的光辉。

久太郎仰面躺着,眼睛盯着屋顶。

因为这里没有被褥,只能直接躺在榻榻米上睡了。

玉之丞在榻榻米上来回走了几圈,见久太郎躺下来准备睡觉,突然跳到他的肚子上。大概是想找一块稍微柔软一点的地方好睡觉吧。

"怎么啦?你也睡不着吗?"

久太郎将玉之丞抱起。

"……等明天的比赛一结束,我就能去藩府工作了。到时就不需要到处躲藏了……你就安心睡吧。"

玉之丞闭上了眼睛,喉咙里发出了"呼呼"的声音。

第4章

夜幕中，只见两只灯笼轻轻摇晃着向前移动。

"好好走！别丢了作为加贺屋一员的荣耀！"

石渡和八五郎正押着"杀害玉之丞"的主犯——加贺屋的掌柜佐吉向前走着。

罪人佐吉的腰和手腕上都被紧紧地绑着绳子。

他们是要带佐吉去加贺屋查验现场。

佐吉鼻涕一把眼泪一把地抽搭着，一直闹着不愿意去。

刚才在大番屋时更是像个孩子似的号啕大哭，简直让人看不下去。

所以，所谓"加贺屋的荣耀"，在佐吉这里根本不存在。

他所拥有的，只是对于给予他关照的与左卫门的一片忠心。

可如今，对与左卫门恩将仇报的他，已经没有归路。

"求求你们饶了我吧！千万别带我去加贺屋啊！"

"别啰唆！快点走！"

八五郎朝佐吉的屁股踢了一脚。

"饶了我吧，求你们了！呜呜……"

说着，眼泪吧嗒吧嗒地落在了一双赤脚上。

石渡紧绷着脸，走在两人前面，慢悠悠地，一言不发。只有手上的灯笼随着步伐不断地摇晃着。

"呜呜……求求你了……"

罪人仍然无用地哀求着。

加贺屋的猫屋里，一直卧床的与左卫门正呆呆地坐在廊檐边上。

因为没有了玉之丞而感到寂落空虚的与左卫门，这些天来什么事也不想干，今天从床上起来了已属稀罕。

"老爷，有客人求见。"

传来了女佣的声音。

与左卫门想在客人进来之前换一身衣服，于是大声呼喊佐吉：

"佐吉！佐吉人呢？"

然而，他并没有等到回音。

"……难道都走了么……"

他深深地叹了口气，像是为自己的命运感到忧伤。

拉门忽然开了，与左卫门抬起了头。

只见石渡板着一副面孔站在门口。

"石渡大人，这么晚了有什么事吗？"

一身睡衣的与左卫门苦笑着站了起来。

"哎呀，你看我这样子，实在抱歉。我去换身衣服。"

"不用了。入夜来访，打扰了，不过事情确实紧急。"

"过来！"石渡朝八五郎喊了一声。

八五郎立刻走到房间门口，手里紧拉着一根绳子，不过绳子的那一头却看不见。

八五郎使劲拉着绳子，可绳子那一头的人就是不肯露面，嘴里仍然嘟囔着："饶了我吧……"声音嘶哑无力，带着哭腔。

"够了！"八五郎用力拉了一下绳子。

佐吉这才走到前面。

"佐吉？你到底去哪儿了？"

佐吉开始哭起来，一个劲地流泪，什么也不愿说。

与左卫门看到了捆绑佐吉的绳子。他转头面向石渡，一屁股坐到被子上，问道：

"这是怎么回事？"

"他就是杀害玉之丞的凶犯。"

石渡面朝着天花板，不紧不慢地说道。

"怎么会……"

与左卫门一脸不可置信的样子，极力控制着颤抖的双手。

他挪到佐吉旁边，把手搭到他的肩膀上，细声问道：

"这是真的吗？"

"……"

佐吉无法回答，又是一阵哭泣。

与左卫门看了一下石渡。只见石渡双目怒睁，如不动明王一般泛着凶光。

他用粗壮的手臂一把抓起佐吉的衣襟，怒斥道：

"给我站好了！老老实实把事情跟你的主人交代清楚！"

"……呜呜……我、我担心……担心老爷被那猫妖……所以拜托一位浪人……斩杀了玉之丞……浪、浪人作为证据……把猫壶……"

"猫壶在哪？"

石渡厉声问道。佐吉软弱无力地指了指后院。

八五郎用力拉紧绳子道：

"还不快点带我们去！"

四人一道往加贺屋的后院走去。院子的地面上铺有白石子，精心修剪过的松树优美地映照在月夜的清辉之下。

佐吉终于用正常语气开口说道：

"不好意思，八五郎先生，能帮我把绳子解开吗？"

"啊？那怎么行。"

"可这样我没法取猫壶。"

石渡闭着眼睛，默默点了点头。

八五郎把佐吉手上和腰上的绳子解了。

佐吉揉了揉手腕上绳子的勒痕，说了句："那我去取了。"然后钻进了房子外廊的地板下方。

剩下的三人目不转睛地看着他，佐吉的影子很快就消失在一片漆黑之中。

与左卫门抓住石渡的胳膊问道：

"这到底是怎么回事？"

"别说话，看了就知道了！"

石渡小声道。

过了一会儿，佐吉抱着挖上来的猫壶出来了。

石渡眉头紧锁，接过了猫壶。

"就在这里面？"

"是的。"

与左卫门从边上瞅了瞅，问道：

"这里面装了什么？"

"这里面，装着玉之丞的尸骨。"

听到石渡的回答，与左卫门立刻脸色苍白，昏厥了过去。

"老爷！"

佐吉边喊着边扑到与左卫门身边，流着泪道：

"老爷，请你原谅我吧！我也是担心老爷才……"

石渡伸手准备去揭盖子。

佐吉"呀"地往后一缩。

"怎么了？"

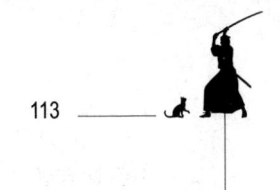

"会化成猫妖跑出来的！"

"说什么蠢话！"

石渡把"恶灵封印"的纸条揭下来，佐吉"呀啊！"地尖叫起来。

打开盖子后，佐吉又是一阵尖叫。

"吵死了！"

被石渡大喝一声后，佐吉止住了尖叫，可嘴里还是不断小声念道："恶灵退散，南无阿弥陀佛……"

石渡和八五郎仔细朝壶里面瞅了瞅。

在月光的照射下，里面的东西终于看清了。

"啊？"

"哎？"

佐吉也战战兢兢地往壶里看了一眼。

猫壶里装的是满满的腌梅干。

八五郎纳闷道：

"难道猫死了会变化成腌梅干？"

"怎么可能！"

石渡看出了其中的问题。佐吉气得面如猪肝色。

"……浑蛋！"

佐吉边骂边往后退，石渡道：

"那个浪人说杀了玉之丞是骗你的。"

"原来你被他耍得团团转啊。"

八五郎话没说完，佐吉拔腿就往外跑。

"等等！"

八五郎追了上去。

留下来的石渡把"恶灵封印"的条子"刺啦刺啦"撕得粉碎，扔到一边。

这时，与左卫门醒过来了，颤颤巍巍地靠近猫壶道：

"……玉之丞呢？"

"还活着。"

听到石渡的回答，与左卫门再一次晕倒了。

等石渡把与左卫门搬到床铺上躺下后，八五郎有气无力地回来了。

不用说，肯定是让佐吉给跑掉了。

"对不起，石渡大人，让他跑掉了。"

"算了吧，明天再找。今天可以回去了。"

八五郎应了一声"是"后，两人走出了宅子。

留下与左卫门在那里，迷迷糊糊地念叨着："小玉呀……佐吉啊……"

虽然嘴里说的是胡话，眼里却流出了泪水。

◆

新的一天伴随着清晨的阳光到来了。

到处都响起了公鸡的打鸣声，江户城又恢复了生机。

这时，一条空荡荡的街道上，只见一个人鬼鬼祟祟地边四处张望边向前走。此人正是加贺屋的佐吉。

他来到鬼灯长屋久太郎家门口，战战兢兢地敲了敲门。

没有回应。

佐吉把门拉开一条缝，朝里面窥探了一下。确认没有人后，才悄悄溜了进去。

房间里面一片零乱，被子也是凉的。灯台上的灯芯有被掐灭的痕迹，可见主人考虑得比较周到，是在妥善安排后才出去的。

仔细一看，房间各处都有散落的白色毛毛。

壁橱的门上还有猫爪的印迹。

佐吉打开壁橱门,发现里面有一个沾满白毛的坐垫。

"……这是猫毛。那只猫就在这里待过!竟被他给骗了,不可原谅……决不可原谅!"

"咦?有人在?"

传来了年轻女孩的声音。佐吉马上躲到了壁橱里,从橱门的缝隙中窥视外面的情况。

入口的门被打开了,若菜走了进来。

"没有人啊……难道是我的错觉?"

她环顾房间一周,拾起了滚落在一个角落处的小球。

"找到了!就是这个,小玉最喜欢玩的。"

若菜拿着小球出去了。

等若菜出了门后,佐吉从壁橱里爬了出来。

"看来她也是同伙了……"

若菜把小球丢进背篓里,然后背起背篓哼着小调走了。

佐吉偷偷地跟在她后面。

若菜一直向郊外走去。

住家越来越少,树木越来越多,直到看不见一个人影儿。

很快,若菜在一座破屋子前面停了下来。

"是我,若菜!"

只见她朝破屋的门口喊了一声,门很快就打开了。

佐吉躲在不远处,直盯盯地看着。

看着宝贝地抱着玉之丞的久太郎。

看着走进破屋中去的若菜。

"……不可原谅!决不可原谅!"

佐吉咬牙切齿道。说完沿着原路回去了。

◆

玉之丞因为看到了自己喜欢的玩具,非常兴奋。

它追逐着小球在榻榻米上尽情地上蹿下跳。每当小球停下来时,它会用小小的前爪试探性地碰碰,当球滚远了就又跑起来追。

久太郎看着玉之丞,抱歉地压低着声音对若菜道:

"……好久没玩了,很兴奋呢。今天一天,玉之丞就拜托你了。"

"知道啦。"

若菜微笑着看了一下玉之丞。

这时，玉之丞突然发出了奇怪的叫声。原来是它的爪子有点长了，钩住了小球缝口处的线绳。

"啊，小玉！好了，不可以胡闹哦。我们一起玩吧！"

若菜把玉之丞抱起来，帮它把小球从爪子上取了下来。

可玉之丞却突然从她怀里挣脱了下来，绕着若菜的脚边转起了圈子。转了三圈左右，好像终于发现了气味儿的源头，对若菜的袖兜表现出了异样的兴趣。

"哦，对了！"

若菜朝袖兜里摸了摸。

"看，我带了早饭来了！"

说着掏出了一个甜喵棒，掰碎了后放到玉之丞面前。

玉之丞"喵呜"叫了一声，高兴地扑了过去。若菜看着这情形，咧嘴笑了，久太郎也露出了笑容。

"能够让猫咪这么开心，我也很欣慰呢喵！"

"这是它最喜欢吃的。"

久太郎伸手摸了摸玉之丞的脑袋。

"果然是最了解小玉的人啊。"

久太郎低下了头，笑容也消失了。

他并不是生气,而是感到有些不好意思。

"不愧是一家人呢。"

"啰唆!"

久太郎红着脸斥责若菜道。

看到若菜还在笑,久太郎没再说话。他到土间跋上草鞋,说了句:"我走了。"

若菜见久太郎要走,连忙喊道:

"等等!"

若菜从地上捡起两块石头,做出用打火石打火的样子,并一本正经念道:

"祈求您武运昌盛!"

不过,一不小心手指被石头给夹了。

"好疼!"

"行啦!这样反而不吉利了。"

若菜难为情地"嘿嘿嘿"地笑着,真是又可气又可怜,让人发不出火来。久太郎见状,表情也有所缓和。

若菜重新向久太郎道别:

"路上小心!"

"……"

久太郎什么也没说就出了门。

他在想着大名宅邸那边的事情。

从道场时代就熟识的内藤和久太郎,一直以来互相都把对方当作自己唯一的竞争对手。所以,对方的样子不难想象。久太郎对于内藤直截了当的剑法非常了解。

不管怎么说,是一个很认真的人。

不知道此刻是不是也在集中精神修炼呢……

大名宅邸内,内藤刚刚打了个喷嚏,除了他自己没有别人知道。

◆

随着日头逐渐升高,街上的人也多了起来。

佐吉混在人流中慢慢向前走。

有几个武士打扮的人走了过去,佐吉一直用眼睛打量着他们。

他来到一家酒馆门口,伸头准备往里面瞅,这时刚好有一个体格壮硕的浪人走了出来,撞上了佐吉的肩膀。

浪人一把抓住他的衣襟,把差点倒掉的佐吉拉了起来。

"给我留神点!"

"……对不起!"

虽然低着头,佐吉还是感觉到了那人凶恶的样子。

当那人走后,佐吉立刻追了上去,喊道:

"武士大人……有件事想和您商量。"

"啊?"

武士停下脚步,回头看了一下。佐吉压低着声音鬼鬼祟祟道:

"看得出来武士大人是位剑术高人,有一件事情想要拜托您。"

"噢?什么事?"

"想请您干掉一个人……"

"这种事情是有风险的啊。"

那人微微一笑道。

"会给您丰厚的酬劳的。"

听到这话后,那人把手往刀柄上一搭,道:

"还没有我名刀小银次不敢砍的人!"

这个人的名字叫蜂谷孙三郎,是一个残暴的剑客。

曾经因为踩到了猫粪,差点连同猫主人义一也一起给杀了。

◆

小巷内，义一正在画着他的猫画。

这是一条很不显眼的窄巷子，只有野猫们经常把这里当作逃避追赶的场所，有时候也当作它们休息、集会的地方。

这一天，一只黑猫和一只花猫正在这里溜达。

义一专心地在纸上描画着猫的样子。可忽然像是有人来了，猫儿们都跑走了。

像是有两个男人在说话，他们的声音传到了义一的耳朵里。

"是这样的……有一个很厉害的浪人，还带着一只猫。我想请您连人带猫一起解决掉！"

"连猫一起？"

"是的。给您三两酬劳。"

"不，六两。猫和人一起，一共六两。"

"……知道了。一定要确保猫和人都要干掉，拜托了！"

佐吉的声音里充满了愤怒。

"行，知道了。"

蜂谷往巷子深处一看，大声叫道：

"那是谁?"

义一在墙角惊得跳了起来。佐吉惊讶道:

"啊?是义爷啊……搞什么嘛,吓我一跳。"

"你才是呢。在这种地方闲晃荡,不怕挨与左卫门先生的骂吗?"

说完才朝蜂谷看了一眼。

"……!"

义一记起了那张脸,就是要把他连同猫一起杀了的人。

"嗯?我好像在哪儿见过你。"

蜂谷手握刀柄,要威吓义一。

义一吓得腿都软了,"呀"地叫了一声拔腿就跑。

佐吉稍稍松了口气,继续道:

"我还没说完……"

"告诉你一件事。"

"?"

佐吉看到蜂谷的眼里发出一种异样的光。

他露出恶魔般的笑容,道:

"老子最喜欢的事就是杀人了。"

◆

远处响起了钟声。

阿七正在猫见屋门前边洒水边想着什么,少见地表现出心神不宁的样子。

她突然停下了手里的活,莫名地担心起久太郎来。

就在这时,惊慌失措的义一朝这边跑来。

"哎呀,这不是义爷吗……什么事这么慌慌张张的啊?"

"阿、阿七姑娘,你听我说,佐吉他……"

"佐吉?加贺屋的佐吉吗?"

"是,是的!"

正巧在这时,手里的水瓢"咔吧"裂开了一条缝。阿七有一种不好的预感。

"佐吉到底怎么了?"

"佐吉和一个不良武士在一起密谋什么杀猫不杀猫的事……"

"莫非小玉……"

"要是没有人出来阻止,肯定会发生大事的!"

义一仍然惊魂未定,阿七已经丢下手里的活跑开了。

"阿七姑娘,一个人去很危险的!"

义一朝她喊道。阿七只是小声回了句:"我知道了。"

◆

郊外的破屋子里,玉之丞正玩得不亦乐乎。

"小玉,扔了哦!看!"

若菜把小球扔出去后,玉之丞全力追了上去。等小球停下来不动后,玉之丞便"喵呜"叫着,要若菜再陪它一起玩。

若菜笑了笑。

"好吧!小玉,看这边!这边!"

若菜拿着小球左右移动,玉之丞的脑袋也跟着左右摇摆。它的瞳孔睁得大大的,炯炯发光。

"好玩吗,小玉?"

远处传来了寺钟的声音。

若菜忽然间想起了久太郎。

"武士先生……现在是不是已经在比赛了呢？"

玉之丞把小球滚到了若菜的身旁。

"喵呜。"

"还要玩？好嘞！嘿！"

若菜再次把小球扔了出去。

◆

不远处响起了寺钟的声音。

听到钟声时，久太郎正在根仓藩大名宅邸的门前。

他的心脏跳动得很厉害，连自己都很吃惊。他脱下斗笠，调整了一下呼吸。

糟糕！好紧张！

久太郎做了一个深呼吸。

"请开萌（门）！"

声音竟然都走调了。他稳当了一下，重新喊道：

"请开门！在下无双一刀流传人斑目久太郎。"

很快，正门边上的便门打开了。

出来的仍然是熟悉的面孔,守门人茂平和橘。

橘双手抱在胸前,傲慢地笑了笑:

"就等你了!"

久太郎被带到了宅邸里面说是等候室的一个房间里。

崭新的榻榻米,装饰精美的拉门,无不让久太郎感到惊讶不已。想想自己的陋室,简直是天壤之别。

很快,女佣端来了茶,轻轻地放到书桌上。

年轻的女佣朝久太郎微微一笑,说了句"请慢用"便离开了。

茶杯中飘来了很久没有闻到过的怡人的、上等的清香。

这个地方可真是……

正当久太郎还沉浸于惊讶的时候,橘走了过来。

"因为有话要跟你说,所以让你单独来这里。不要以为都会有这个待遇哦。下面我们再确认一下今天的安排。"

来这个房间原来是特别待遇啊,久太郎心想。

"比赛的前半段是一进一退的攻守战,让人觉得不愧是斑目久太郎,剑术果然不同凡响。不过形势逐渐发生变化,最终你败给了内藤大人,下跪服输。这就是今天比赛的安排,明白了吗?"

久太郎的脸色很难看，不过还是默默地点了点头。

"一定不能让殿下和内藤大人有所发觉。"

"……知道了。"

门口那边传来了喧闹的声音。

好像是女人的吵嚷声，但听不清具体内容。橘站起来，朝外面喊道：

"什么事情？"

这时，茂平走了进来。

"斑目先生！"

茂平递给久太郎一张小小的字条。

"门外有个自称阿七的女人，让我把这个交给你。"

"有劳了！"

久太郎点了下头，接过了字条。

他马上展开一看，只见上面写着：

佐吉知真相，小玉有危险。

久太郎吃惊地瞪大了眼睛。

被最不能让他知道的人知道了。

久太郎想到了佐吉的可怕之处。但凡有碍于自己和对自己很重要的东西之间联系的一切事物,他都会毫不留情地予以清除。他就是这样一个冷酷的人。

这时,竹下过来了。

"斑目大人,比赛时间到了。"

"……"

久太郎纹丝不动。

是要去比赛谋个职位,还是去救玉之丞的命?

竹下疑惑不解,又说一遍:

"斑目大人,该比赛了!"

见久太郎仍然没有回应,橘把手搭到他肩膀上问道:

"怎么回事?"

久太郎甩开橘的手,握起刀柄沿着走廊跑了起来。

不是朝着举行比赛的庭院,而是朝着大门的方向。

"喂!不是那边!喂!站住!"

橘大声呼喊,可久太郎仍拼命往前跑。

"竹下,快去告诉内藤大人!"

橘喊道。竹下向正在等候的内藤的房间跑去。

听到竹下慌慌张张的叫嚷声，内藤从房间里出来了。

"竹下，今天府上的大人们都在，为何这般吵闹？"

"斑目他想临阵脱逃！"

"什么？！"

内藤脸色大变，连忙往门口跑去。竹下对内藤的反应感到一惊，也跟着跑过去。

大门口，橘紧紧拉住久太郎不让走。

"斑目，事到如今你不可以反悔！"

"让开！"

橘被久太郎猛然一撞，跌倒在地。

久太郎现在一心只想着快点去救玉之丞。

"斑目！你去哪儿？"

内藤把正要出宅邸大门的久太郎叫住了。

久太郎停下脚步，回了一下头。内藤道：

"你我做个了结吧！"

两人四目相瞪，几乎能看得见迸出的火星。

久太郎端正了姿势，朝内藤欠一欠身道：

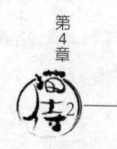

"我有急事不得不离开，对不起。"

说完便转身朝向大门。

内藤在背后喊道：

"有什么事比比赛更重要！"

久太郎没有回头。

出了大门，阿七正在等着。

"快点！"

久太郎点点头，奔跑起来。

与因为久太郎的出现而脸色稍有缓和的阿七相反，久太郎的表情却愈发凝重了。

玉之丞身处危险境地。

脑子里现在只有救玉之丞这一件事。

玉之丞，你一定要平安无事啊……

久太郎穿过大名宅邸前的街道，直奔郊外那所破屋子。

回头一看，后面已经没有人在追。

本来现在应该是比赛开始的时候了，可久太郎却一点儿也不感到后悔。不光不后悔，反而有一种心中的疙瘩被解开了的感觉。

世上有比金钱更重要的东西,这是父亲说的。

此刻浮现在心头的,是一只猫给他带来的种种回忆。

这些是比任何东西都要珍贵的东西。

现在好像终于明白了父亲所说话的意思……

奔跑。

脚底崴了一下。

继续奔跑。

再快些,再快些!

快跑吧!不料心焦急,脚底欲打结。平安待吾归,归心已先行。

◆

佐吉和蜂谷已经来到了郊外破屋子的附近。

两人隐藏在破屋旁边的树林里,远远地窥探着周围的情况。蜂谷的眼神中透出一股杀气。

"就是那儿,武士大人。"

蜂谷的脸上露出了让人毛骨悚然的笑容。

佐吉从他的笑容里感觉到了恐怖。

不光是佐吉,任谁都会恐惧蜂谷那凶神恶煞的目光。那不是武士的眼睛,而是杀人狂的眼睛。

"浪人和那只白猫应该就在那里面。"

蜂谷听后立刻就准备冲上去,可被佐吉拉住了。

"等等!"

"嗯?"

"我先去探探里面的情况。"

佐吉丢下蜂谷,慢慢向破屋靠近。

为了不被人发现,他尽量猫着腰,靠近门口后把门稍稍拉开。

往里面一看,发现久太郎并不在屋里。

"咦?不在……"

"啊?谁不在?"

蜂谷不知什么时候已经站在了佐吉的旁边。

两人一块又往里面瞅了瞅,发现一个年轻姑娘和一只白猫——也就是若菜和玉之丞正挨在一起睡着。

蜂谷不解道:

"喂,哪有什么浪人……这到底是怎么回事?"

"哎？这……"

"哦……原来如此啊。"

见佐吉回答不上来，蜂谷自以为然地理解道。

"那就连这姑娘也一起砍了吧。"

蜂谷冷冷一笑，准备闯进去。

但被佐吉阻止了。他并不想杀害若菜。

他只是想除掉玉之丞和久太郎。

"不不，在浪人回来之前请您还是等一等。我先进去把猫抓来。"

佐吉说着，悄悄进了破屋。

他轻手轻脚地来到了若菜旁边。

玉之丞听到了佐吉的动静，睁开眼看着佐吉。

这时，若菜哼了一声，慢慢翻了个身。

佐吉一惊，但还是拼命伸手去够。

他小心翼翼地不想弄醒若菜，只想抓住玉之丞。

"啊呜！"

"啊啊……！"

佐吉被突然醒来的若菜咬住了手臂，疼得他大喊大叫。

蜂谷听到后，举着刀就杀了进来。

"啊啊啊啊啊！"

佐吉被蜂谷那魔鬼般的样子给吓得又是一阵尖叫。

而且，那势头就像是要朝着佐吉砍来。佐吉边躲边喊：

"危险！危险！"

趁着这时，若菜赶紧抱起玉之丞跑到屋子另一端，把玉之丞藏进了柜子里。

然后，张开双手站在前面，护着玉之丞。

"不是我啊！那边，那边！"

从没见过这阵势的佐吉，急得干脆指示蜂谷去砍若菜。

蜂谷来到若菜面前，眼睛红红的，举着刀。

大刀在蜂谷的头顶上微微泛着银光，如嗜血的恶魔一般。

"想试试我这宝刀'小银次'的滋味儿吗？"

"……"

若菜丝毫不为所动。她分开双腿，成"大"字站立，紧咬牙关，目光直视蜂谷。

"一刀即可了断。"

蜂谷重新握了握刀，微笑道。

"给个好脸色嘛！"

刹那间，大刀一挥而下。

面对死亡的恐怖，若菜闭上了双眼。

佐吉见状，"哇"地大叫一声，用双手捂住了眼睛。

"住手！"

蜂谷被这突如其来的一声喊给喝止了。

那气魄，真如魔鬼一般。

不过，这应该说是正义之鬼。

斑鬼——斑目久太郎正站在门口。

第5章

"住手!"

斑目久太郎在门外射来的刺眼的阳光中岿然而立。

充满愤怒的久太郎表情异常恐怖,如魔鬼般地瞪着蜂谷,眼神中有一种惩治恶魔的正义感。

他已经毅然决定做一名即便没有钱也要坚持正义的武士,而不是为了金钱而抛弃武士的荣誉。

如果不能保护自己重要的东西,又怎能称得上武士呢?

他相信,保护住自己重要的东西,也就是维护自己的荣誉。

背后射来的光线让他的形象熠熠生辉。

"救星来啦!"

若菜竟忘了自己所处的境地而欢呼了起来。

"是你……"

蜂谷放下了刀,怒视着久太郎。

"我记得你。终于到了做一个了断的时候了。"

蜂谷拔出短刀,两把刀同时握在手里。

久太郎也拔出了腰间的长刀,往前靠近一步。

"早就了断过了!"

边说着边将刀朝向了蜂谷。

"胡说!那时候只是因为草鞋打了一下滑。"

"是因为猫粪吧。"

蜂谷突然陷入了沉默。

久太郎清楚,那是因为他的愤怒已经超过了极限。

不过,久太郎不同,依然保持着冷静。

剑道的胜负即取决于这些细微之处。

心绪的瞬间紊乱都将直接关系到生死。

若菜和佐吉紧张地注视着两个人的决斗。

蜂谷手握两把刀威吓久太郎。

"啊啊啊啊啊啊啊!"

他大声吼叫着将两把刀举过头顶,好似魔鬼的两只犄角。

然而,破屋的房梁没有达到成年人能够挥舞长刀的高度。

随着一声闷响,小银次深深地嵌进了横梁里面。

"啊!"

一时无法拔出,蜂谷只好单握一把短刀冲向久太郎。

如此一来,久太郎可以利用的机会就多多了。

蜂谷拿短刀的是不太顺的左手。

这样的话,显然是获胜无望的。

久太郎趁着蜂谷把刀换到右手的当口,迅速将短刀击落。

"啊……"

蜂谷原本就不是久太郎的对手。

久太郎把刀收进鞘内,转身朝向佐吉。

蜂谷也不得不死了心,走到门口的土间朝久太郎下跪认输,随即奋力而逃。

若菜这时感到放下了心。

房梁上的小银次仍然原封不动地嵌在那里。

佐吉试图将小银次拔出来却丝毫不动。他随即拾起掉落在脚边的短刀，对准了久太郎。

"你背叛了约定！"

"……"

久太郎无言可对。

他怎么也说不出口是因为猫咪太可爱了而下不了手。

手握短刀的佐吉颤抖着肩膀，竭力喊道：

"为什么不斩杀玉之丞？懦夫武士，把三两银子还给我！要是不想被称作懦夫的话，现在马上去给我把玉之丞砍了！"

"……"

"在它到来之前，我和老爷过得多么开心……现在再也回不去加贺屋了……可恶！"

佐吉对于主人的忠诚心已经扭曲到了令人害怕的地步。

即便把猫杀了，过去开心的日子也未必能回来。

最直接的证明就是，当与左卫门知道了玉之丞被杀之后仍然一直思念着玉之丞。

佐吉一把撞开若菜，打开了壁橱门。

玉之丞在里面抬起头，看着佐吉。

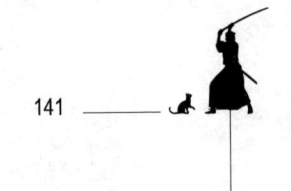

佐吉握紧手里的短刀准备向玉之丞刺去。

"去死吧——！"

久太郎一把抓住佐吉的手腕，往上一扭。

短刀随即落地。

久太郎将佐吉拖出门外，重重地摔在地上，然后丢下一句：

"把玉之丞的事忘了吧！"

佐吉的眼里涌出了泪水。

"……你们一个个的，就知道猫……就知道猫！"

佐吉仰天大叫着往前跑去。

久太郎和若菜都没有作声，目送着他远去。

郊外的小道上，佐吉突然停下了脚步。

与其说停下来，不如说是跑不动了。

一路奔跑而来的脚上突然感觉没了力气。

泪水再次从眼里喷涌而出。

他抱着头蹲在路中央。

然后扑倒在地上失声痛哭。

"啊啊……哇哇哇哇……"

江户城里都能听见这个悲伤的男人的恸哭。

◆

恢复了平静的破屋中,若菜和久太郎围着玉之丞终于舒了口气。

从大名宅邸一路跑来的久太郎在轻松的同时也感到了一阵疲惫袭来。

真想就这样睡一觉,可是又碍于有别人在场,只好一直端坐着。

久太郎心中想起一事。

若菜含着泪摸了摸玉之丞。

"好险呀,小玉……幸亏武士大人赶来救你了哦。"

若菜说着将玉之丞递给了久太郎。

久太郎接过来,眼睛一直盯着玉之丞。

"……你要回自己家了哦。"

"哎?你说什么?"

若菜诧异地看着久太郎。

久太郎眼睛一直看着别处,答道:

"……我要把玉之丞还给加贺屋。"

"那藩府的工作呢？还没定吗？"

久太郎没有回答。

他是为了玉之丞才跑回来的。

如果玉之丞不能幸福就没有意义了。

久太郎和玉之丞对视了一会儿说：

"一定要过得幸福哦！"

"喵呜！"

玉之丞像是回应他似的叫了一声。是表达不舍，还是表示感谢，没人能弄清其中的意思。

或许只是一时兴起而已。

◆

在大名宅邸的一间屋内，坐着一个人，却没有点灯。

天空已经由紫色变成了藏蓝色，内藤仍然一动不动地端坐在那里。

目睹了内藤的样子的橘和竹下，此刻正在离宅邸不远的一家路边面馆里喝酒。

旁边有一位男客人正在吸溜着荞麦面。

一个敲着梆子的人边喊着"小心火烛"边从旁边走过去。

面馆的主人手拿着烟管正在吸着。

竹下深深地叹了口气。

"哎……今后该怎么办呢?"

"不知道啊。"

橘答道。竹下不安道:

"我们去道歉吧。"

"……你傻呀。"

"……也是啊。"

"哎……"两人不约而同地叹了口气。

橘悲凉地仰望着天空。

眼睛湿湿的,含着泪水。

"我们……可能要切腹吧。"

"真要那样吗?"

"既然这样的话还不如干脆不做什么武士了。"

竹下想说什么,却又把头埋了下去。

橘不想让眼泪流出来,一直仰头看着天。

"今天这烟草怎么这么辣眼睛……"

◆

阿七回到猫见屋后,一直在店门口不安地转来转去。

此刻,她只能一心祈祷着久太郎能平安无事。

值夜人喊着"小心火烛"刚刚过去,对面出现了一个人影。

是久太郎抱着玉之丞站在那里。

阿七马上跑过去。

"……没事吧?"

"嗯……"

"太好了!"

"……我决定不再逃避了。我要直面一切地生活。"

阿七发现久太郎的脸上有一种与往常不同的明朗。

"已经……决定了?"

"承蒙你关照了!"

久太郎微微一鞠躬,只留下这一句话便转身离开了。

阿七默默地目送着他的背影离去。

久太郎走到那里时，天空已经变成了深蓝色，繁星闪烁。

江户城的捕快们的哨所前燃着红红的篝火，门口站着手持六尺长棍的强壮的守卫。

就连这守卫也知道玉之丞的事，立刻把久太郎抓住带到了八五郎那里。

"啊，是你，斩杀玉之丞的……"

坐在后面的石渡上前接过了久太郎递来的东西。

一只全身白色的小猫被交到了石渡的手上。

"这是玉之丞……请你把它交还给加贺屋。"

◆

"明天早上会正式判决你，晚上就在这里过一夜吧！"

八五郎粗暴地将久太郎推进了牢房。

久太郎的身体重重地撞在了石板上，但他仍然忍着痛静静地端坐在牢房中央。

八五郎关上了通往牢房的门后，便回到石渡那里。两人随即往加贺屋赶去。

"你也来了啊。"

久太郎忽然听到了熟悉的说话声,惊讶地回头一看,佐吉正抱着膝盖坐在那里。

"我已经无处可去了……"

"……"

久太郎默默地听着佐吉的伤心叙述。

不过,佐吉的表情忽然变得缓和了些,并且说道:

"武士先生,我发觉到了一件事情……那是在我准备要杀掉玉之丞的时候……"

当时,玉之丞只是单纯地看着佐吉。

可佐吉却像是中了什么魔法似的,对玉之丞下不了手。

"……忽然感到胸口一阵难受……我好像一下子理解了老爷和武士先生的心情了。"

佐吉说这话时的表情比当时在破屋里时明朗多了。

两人就这样一声不响地默默坐在牢房里。

◆

　　加贺屋这边,与左卫门正静静地躺在猫屋里。

　　虽说知道玉之丞还活着后精神稍微恢复了些,但毕竟还没有看到它的样子。

　　在亲眼看到并且亲手抱上玉之丞之前,他还是无法恢复到过去的程度。

　　"小玉啊……"

　　就在这时,女佣突然跑了进来,流着泪报告说:

　　"小玉之丞回来了!"

　　"瞧,回来啦!"

　　石渡抱着玉之丞走了进来。

　　与左卫门立刻骨碌一下爬了起来,目不转睛地盯着玉之丞。

　　玉之丞也对着久未见面的主人"喵呜"叫了一声。

　　与左卫门的眼里含着泪水……

　　"玉之丞!"

　　他紧紧地抱住玉之丞,眼泪流了下来。

　　石渡和八五郎悄悄地退出了房间。

"真是不知道该如何感谢二位！"

加贺屋上下人等全部聚于宅邸门前，为石渡他们送行。那场面极其罕见。

就算有客人来集中购买大量的高档和服，又哪怕是说全城的人穿的和服都会来加贺屋购买，也不会有如此盛大的送别场面，今后恐怕也不会有。

另外，大管家不在场也是一件很不多见的事情。

"好好相处吧。佐吉的事情就交给我们了！"

"好的，谢谢！"

与左卫门弯腰致谢，加贺屋的所有人员也都弯腰低头，直到石渡他们在前方拐了个弯看不见了为止。

石渡走后，员工们陆续回到了店内，只有与左卫门仍然紧紧地把玉之丞抱在怀里，眺望着石渡远去的方向。

与左卫门的感激之情可见一斑。

正看着，发现前方有一个女人正朝这边走来。

原来是阿七。只见她迈着优雅的步伐缓缓地走了过来，目光直朝与左卫门看着。

"你好，与左卫门先生！"

"嗯？"

"我是猫见屋的老板娘。玉之丞要是有哪里不舒服，或者需要猫咪饭、玩具等请随时光临小店。过来找您，是因为关于玉之丞的事有些话无论如何想和您说说。"

"噢……"

阿七将事情的来龙去脉全部跟与左卫门讲了一遍。

一开始与左卫门还表现出不耐烦的表情，不过当他得知玉之丞离开加贺屋这段时间所受到的照顾情况后，连连点头表示认可。

◆

"哎……"

想回鬼灯长屋却不能回，若菜一直在街上徘徊。可也不能总这样转悠，兜里又没有钱，而且用来做生意的售货摊还放在长屋。

"武士先生被抓走了……我还要把这个还给他呢。"

若菜在久太郎门前站立良久，屋内既没有亮灯，也不像有人的样子。

若菜肩上的背篓里放着玉之丞最喜欢玩的小球。

久太郎的门是关着的，若菜伸出手准备敲却又收了回去。

她长呼一口气，还是试着敲了一下。

"有人吗？"

没有回应。

"人不在……不过还是先把这个放进去吧！"

她伸手拉开了门。

眼前出现的是久太郎端坐的背影。

他闭着眼睛面朝后院，似冥想般聚精会神。

"武士先生！……你回来啦！"

若菜吃惊道。

"哎？可是，为什么……"

久太郎轻轻睁开眼睛，把身体转向若菜。

虽然看起来不太精神，但还是朝若菜笑了笑。

"是阿七帮了我。"

他开始说起牢房的事情。

牢房里一片昏暗，久太郎和佐吉无言地坐在那里。

负责看守的八五郎打了个哈欠,也数不清是第几个了。

就在这时,通道口的门突然开了。

出现在眼前的是提着一盏灯笼的石渡和怀抱玉之丞的与左卫门。玉之丞好像在与左卫门的怀里睡着了。

与左卫门在久太郎他们的牢房前蹲下来。

"佐吉……"

听到与左卫门在喊他,佐吉流着泪呼喊主人道:

"老爷……"

与左卫门看了一下石渡。

"石渡大人,我想和佐吉说几句话,可以吗?"

石渡默默点了点头,往后退了两步。

与左卫门朝佐吉道:

"佐吉啊,你为什么要那样做?我难道做过什么对不起你的事吗?"

"老爷,对不起……"

佐吉跪在地上向与左卫门道歉。

"说来也许可笑,小人是对玉之丞心怀嫉妒。自从学徒时代,老爷就对我疼爱有加,视如亲生儿女,可自打玉之丞来了以后,老

爷的心就好像逐渐疏远了小人。小人因此感到孤独、寂寞……不知从什么时候起，小人开始认为玉之丞就是夺走了老爷的心的猫妖。于是，就找到武士大人，拜托他斩杀猫妖……"

八五郎小声说了句"奇怪的家伙"，被石渡瞪了一眼后不再说话了。

佐吉抬起头，泪流满面，双手仍然按在地上向主人谢罪。

"虽然我也知道，跟一只猫争风吃醋是多么荒唐的事情，可为了夺回老爷的心，小人没有其他办法……实在对不起！"

佐吉说完，再次叩头谢罪。

与左卫门抚摩了一下怀里的玉之丞后，双膝跪地朝石渡深深一拜。

"正如您所听到的，全都是佐吉的错。这位武士大人反而救了玉之丞一命。"

"哎呀哎呀，快不要这样，与左卫门先生。可是……"

与左卫门不容他说完，立刻向石渡恳求道：

"猫见屋的阿七姑娘把所有的事情都告诉我了……而且，一看就知道，玉之丞是受到了全心全意的照料的……武士大人没有罪，请你们放了他吧！"

久太郎低着头,什么也没说。

石渡瞄了佐吉一眼道:

"那就,定佐吉的罪吗?"

佐吉听了猛然一哆嗦。与左卫门说:

"不,请把佐吉也从这里放出去。这个混账东西,我要亲手重新调教。我一定会好好教育他走正道,再也不给别人添麻烦。恳请你们就饶恕他这一次吧!"

"老爷!"

佐吉朝与左卫门不断磕头,最后伏地不起,放声痛哭起来。

"佐吉,跟我回去吧。"

看到与左卫门如此重情重义,石渡和八五郎也没有话说。

最后,两人很快获得释放,被带出了牢房。

与左卫门抱着玉之丞,和佐吉一起朝久太郎鞠了一躬。

久太郎没想到他们会给自己鞠躬,只好怔在那里看着对方。

他的目光忍不住朝玉之丞看去。

看到它那依然那么天真无邪的眼神,久太郎的心像被勒了一下似的疼。

看着两人带着一只猫回了加贺屋,久太郎也转身准备回长屋。

走到前面十字路口，发现阿七正站在那里。

"是我跟与左卫门先生说明了情况帮了你哦。总要感谢我一下吧。哎，以后就要少一位老主顾啦。"

阿七和他开玩笑道。

而久太郎却怎么也轻松不了。

"以后不会再养猫了。"

"……"

阿七本想再说点什么，结果只轻声回了句"……是么？"

"太好啦……"

站在久太郎家门口的若菜眼里流露出了悲伤，却笑道。

"小玉已经回到家人身边了吧？真是太好啦……"

若菜的眼睛湿湿的。

"哦，对了。"若菜一边回头从背篓里取什么东西一边擦了把眼泪。

"小球还给你。"

说着往旁边的地板上一放，说了句"那我走了，明天见"就回自己家去了。

久太郎站起来，去捡小球。

面对如今已经没有用处的小球，久太郎有些莫名的悲伤，想把它扔掉算了却又放不了手。他把小球藏进了柜子里，以免自己总能看见它。

家人么……

久太郎忽然想起了若菜的话。

他起身打开了许久没开过的抽屉。

从故乡寄来的妻子和女儿的信依旧原封不动地躺在那里。

※　　※　　※

那天，阿春出门来送别后，久太郎再次回头看了一眼。

他看到了玄关处的柱子旁露出了一块美丽的和服的一角。

那是妻子阿静。阿静躲在门后，正在低声哭泣。

久太郎心一横，转身往外走。

可是他又一转念，走回了门口。

久太郎隔着拉门感受着阿静的气息，对她说道：

"……找到工作后就回来，一定会回来。你在家等着。"

妻子没有回话，只听见她的抽泣声。

久太郎再次迈步往外走去。

比刚才的步伐迈得更加坚定。

他忽然感觉到了什么，回头一看。

阿静站在玄关外面，旁边站着阿春。

阿静的眼睛哭得红红的，笑着朝久太郎弯腰道：

"路上小心！"

阿春也同时鞠了一躬。

久太郎点点头，重新迈开了步子。

※　　※　　※

"……"

久太郎回忆着那一幕，却还是不想打开信来看，轻轻地把抽屉关上了。

"玉之丞……"

他习惯地喊了声玉之丞。

喊过后才发现，玉之丞已经不在那里了。

一阵沉寂。

回望来时路,历历如在前。随口唤一声,不闻喵语应。

◆

太阳已经洒下金灿灿的光辉,又是一个清爽的早晨。

金色的光芒透过鬼灯长屋的拉门射了进来,向屋里的人宣告新的一天的到来。

早起的雀儿们聚在高高的屋顶上叽叽喳喳,仿佛在说:今天又是个好日子!随着寺院传来"咣——"的早钟声,久太郎也睁开了眼睛。

他揉揉眼睛朝四周看了一下,发现壁橱的门仍然是关着的。

"喂!天亮喽!"

拉开壁橱门,才发现玉之丞并不在里面。

"对了……那家伙已经不在了……"

明明很狭小的屋子,不知为何忽然感觉变大了。

"不行不行!"

他"啪啪"地拍了拍自己的脸。

"不就是走了一只猫嘛。"

忽然又像想起什么似的,停下了手里的动作。

都怪那家伙,最近总是自言自语起来……

久太郎使劲摆了摆头,为了能让心静一静,他拿起木刀奔向后院。

"哈!"

一刀挥下去。

"哈!"

又挥了一刀。

……不知道它现在过得怎么样……

久太郎心里想着玉之丞的事,不小心手里一滑,木刀飞了出去。

"哎呀!"

周围早起的人们都被那把从天而降的木刀吓了一跳。

◆

与左卫门坐在廊边,边喝茶边沐浴着早晨的阳光。

玉之丞趴在主人的膝盖上,一边享受着与左卫门的抚摩,一边半闭着眼睛把脸埋在他的裙裤里。

"还是我们小玉玉最可爱哟——"

这时，佐吉从店里拎了个寿司桶过来了。

"老爷，这是最上等的寿司。"

"噢，快拿过来！"

佐吉把寿司桶放到玉之丞旁边，自己也坐了下来。

"来，小玉，多吃点。"

玉之丞没有任何反应，如果是以前的话早就扑上去了。

与左卫门表情不安起来。

"怎么啦？为什么不吃呢？这可是你最喜欢吃的哦。"

"是呀，很好吃的哟！"

佐吉伸手拿起一个放进了嘴里。

"谁叫你吃的！"

被与左卫门训斥后，佐吉吓得发出一声惊叫。

与左卫门把玉之丞抱起来细细查看，发现玉之丞好像没什么精神。

"哎……是疲惫了吧。"

与左卫门叹口气道。佐吉也叹气道：

"哎……是疲惫呀。"

"没有说你！谁让你多嘴的！"

再次被与左卫门一声呵斥。

在与左卫门心中，玉之丞依旧是第一位的。不过，与佐吉似乎也恢复了轻松愉快的关系。虽然佐吉在与左卫门面前还是战战兢兢的。

发生在加贺屋的这一幕，被出来散步的久太郎远远地看见了。

我才不是思念玉之丞呢，是被那精美的寿司给吸引了。

久太郎为自己开脱，心里却担心起精神不振的玉之丞来。

久太郎继续往前走，来到了河边。

前方飘来了若菜炸甜喵棒的香味儿。

摊位前站着两三个客人，不远处还有几个人手拿甜喵棒坐在河岸边吃着。

若菜站在热油锅前，头上扎着毛巾，正忙着把炸好的甜喵棒用纸包起来递给客人。

真是少见呢，久太郎想。

继续为下一位客人炸甜喵棒的若菜这时发现了久太郎。

"啊,武士先生!"

"干劲十足嘛。"

"是呀,大家好像终于认识到了甜喵棒的美味了。"

若菜说着,包了两根甜喵棒递给了客人。

接着又来了位客人。

"我也来三根甜喵棒。"

"好的,谢谢惠顾!……哎,忙得都想借猫手来一用!"

若菜说完后突然一怔,好像想起什么来似的。

久太郎的表情慢慢阴沉了起来。

猫……

他默默地从货摊前走过,像一阵风般消失在远处。

"啊,我是不是说错话了?"

若菜自语道。可是实在太忙,无法脱身去追他。

治愈之所——猫茶屋。

回过神来时,发现自己已经站在了店门口。

"我是来吃羊羹的。"

他自言自语道,给自己找了个来这里的理由。

我可不是因为思念玉之丞……是的，羊羹！是来吃羊羹的。

久太郎在心里反复这样对自己说着，走进了店里。

他被带到一处空位，边看菜单边等着。

周围全是和猫一起玩耍的客人，以及各种各样的猫！

一眼望去，到处是"喵、喵"声和嬉闹的场景。

果然是一家可怕的店，一点儿也没变。

"哎哟！"店长走了过来。

"您来了啊。请问您点什么？"

"来一份羊羹。"

店长听了，特地重复一遍道：

"喵羹是吧？"

"我要羊羹。"

"本店为模拟猫咪声，称作喵羹。"

"羊羹！"

久太郎也不退让。

堂堂武士，岂能轻易让步。

久太郎瞪着店长，坚持着。

店长也反瞪着久太郎。

"您不点清楚的话，我们恐怕无法为您提供。"

久太郎没办法，低下头难为情似地说道：

"喵羹……"

"知道啦！"

店长会意地一笑。

久太郎还是输了。

"另外，您可以选一只您喜欢的猫咪。"

……我是来这里吃羊羹的，只是为了吃羊羹……

"您选哪只呢？"

"……白猫。"

久太郎小声道。第二次落败。

店长答了声"知道了"后退下去，很快端来了一杯茶。

久太郎边吃着猫脸形状的羊羹——也就是"喵羹"，边等着。很快，店长带了只白猫过来了。

那只猫虽说也很可爱，可是与久太郎所期望的感觉还是有哪里不一样。

"它叫多美。可要好好疼爱它喵！"

久太郎试着抱了抱多美，果然没有过去那种融洽的感觉。

他换了个抱法，又试着放在膝盖上，可还是觉得什么地方不一样。可能是比玉之丞稍微大一点吧，逗它玩也没什么反应，一副沉稳的样子。

"……"

最后，久太郎只好边抚着它的背边喝茶吃喵羹了。

到底哪里不对呢……咦？

久太郎正思索着，目光无意中投向了旁边的座位。

一个面相凶恶的男人正嗲声嗲气地专注地逗弄着一只小猫。

仔细一看，原来是那个叫石渡的捕快。

他那无限怜爱地抚摩着小猫的样子，怎么看都觉得不协调。久太郎目不转睛地看着眼前这幅光景。

"真系惹人疼爱滴小喵喵哟……"

刚说到这里时，两人的目光一下子碰上了。

"啊！"

"啊……"

惊讶之后，双方都默默地把目光移开了。

石渡尴尬地凝固在那里，久太郎也无法再继续待下去了，只好匆匆离开了店里。

◆

往前走几步就是猫见屋,久太郎犹豫着是直接回长屋还是顺便去一下那里。

他总有一种感觉,感觉自己是在到处寻找玉之丞的影子。他迅速摇了摇头,试图打消这种想法。

久太郎决定不去猫见屋了,直接回去。而这时,猫见屋的院子里传来了劈柴的声音。

往里一看,阿七挥着一把斧子正要砍下去。

她那拿斧子的动作非常危险。

久太郎伸手夺下了阿七挥起来的斧子,然后举起来劈向柴火。

"哎呀,帮忙来了?"

久太郎点点头,没有作声。

阿七看着"啪、啪"地劈着柴的久太郎,称赞道:"干得漂亮!"

"劈柴的活,我这里随时都有哦。"

"我打算继续去官府谋职。"

"哎？还没有放弃啊。"

听到这话，久太郎把脸沉了一下。

阿七笑道："开玩笑啦。"

不过，她马上换一副认真的口吻问道：

"不准备回故乡了吗？"

久太郎已经想好了答案。

"……现在还不能回去。"

"我说，别把问题想那么复杂。日出而作，日落而息。我觉得呀，人生就这样一天一天地重复就行了。这世上，比工作更重要的东西还有很多。"

久太郎知道阿七是在给自己打气，但他不知该如何回答她。

劈完柴后回到家，已经是傍晚时分。

久太郎端坐在昏暗的屋里。

比工作更重要的……东西？

回味起阿七刚才说的话，久太郎起身去打开了柜子抽屉。他伸手去取里面妻女的来信。

后院突然传来的一声"喵呜"让他停下了手。

往院子里一看，玉之丞正坐在外面。

"你怎么跑回来啦?这可不行哦。"

久太郎将它抱起来。玉之丞喉咙里"呼噜呼噜"地响着,很高兴的样子。

脚上全是泥,明显是从加贺屋逃出来的。

久太郎正在纳闷是怎么回事,听到外面有人在敲门。

一个腰间挂刀的男人的形象投影在月光下的拉门上。

"是我,斑目。开一下门。"

久太郎看了一眼立在墙边的长刀,但是没有拿,直接开了门。

两人面对面坐了下来。

内藤的目光停在了久太郎怀里的玉之丞身上。

"就是这只猫?"

"嗯?"

内藤指着猫问:

"就是为了这只猫而放弃了和我的比赛?"

"……是的。"

"再和我决斗一次吧。"

"……"

内藤低声道:

"……这么多年来我从没有放弃过一个想法,那就是,总有一天要战胜你。"

回想起道场时代最后那场比试。

"呀……!"

"啊……!"

两人同时向对方砍去。

原本出手迅猛的内藤,却被更早出手的久太郎挡了回去。

"我们不能就这样了结!"

内藤道。

久太郎微闭着眼睛。

"那次如果是用真刀真剑对决的话,我们之间必然是有一死。这一点你不是不明白。"

"如果你不想对决的话,大不了强迫你拔刀就是了!"

内藤拔出刀来对准了久太郎。

久太郎仍然抱着玉之丞,站都没站起来。

内藤握刀的手使了使劲。

"喵呜。"

内藤被一声猫叫扰乱了气势,重新对久太郎挑衅道:

"拔刀啊!"

玉之丞再次"喵呜"叫了一声。

"……让你的猫闭嘴!"

"猫总是想叫的时候它就会叫。"

"喵呜。"

内藤手里的刀因为怒气而直颤抖,用愤怒的眼神看着久太郎的眼睛。

而久太郎的目光中也毫无退缩之意。

内藤无奈地咂了一下舌头,放下了刀。

"真不知道你怎么想的。算了算了!"

说着把刀收进了鞘内。

"对于一个完全没有斗志的家伙,就算砍了他也没有意义……你堕落了,斑目久太郎!"

"不,我只是变了。"

久太郎把玉之丞抱着举起来:

"因为它。"

内藤转过身,边穿草鞋边痛心地丢下一句:

"竟被一只猫夺去了灵魂……"

然而,临出门时内藤却说出了这样一句话,非常轻声地。

"猫想叫的时候就会叫……多么自由啊,你也是。"

话里面带有对久太郎的生活方式的向往。

内藤转过头道:

"再会了,猫武士!"

说完便离开了。

"猫武士?……嗯,听起来还不错呢。是吧,玉之丞?"

"喵呜。"

听到玉之丞的回应声,久太郎忽然笑了。

他摸了摸玉之丞道:

"……谢谢你啦。不过等会儿你得回加贺屋去了哦。"

久太郎打来一盆热水,用手试了试水温。

然后把玉之丞放入水中,给它洗起脚上和身上的泥来。猫见屋买来的肥皂还没用完,久太郎就用它慢慢给玉之丞搓洗。

"今天要给你好好洗洗。"

久太郎正准备解下玉之丞脖子上的脖套，突然停下了手。

那是一个与原来的，也就是久太郎在加贺屋斩断的那个非常相似的脖套。

久太郎重新意识到，玉之丞毕竟是加贺屋的猫。

不过，久太郎很快就回过神来，继续给玉之丞洗澡。打着舒服的泡泡，泡着温度刚好适宜的热水，玉之丞非常满足地眯起了双眼。久太郎也忍不住露出了笑容。

"舒服吗？你这家伙果然喜欢洗澡啊……今晚就留在这吧，玉之丞。"

◆

第二天早上，加贺屋的猫屋的外廊边，与左卫门正呆呆地坐着。

虽说玉之丞不见了，但他并没有显出焦急担心的样子。

久太郎抱着玉之丞，在佐吉的带领下走了过来。

"我已经想到它肯定是去你那儿了。"

与左卫门一脸苦笑道。

"……让你担心了。"

久太郎说着把玉之丞轻轻地放到了地上。

"能不能想个办法让它不再去我那儿了?"

久太郎说,虽然知道这不大可能。

"不不。"与左卫门连忙摇头道:

"谁也不能束缚玉之丞。猫天性自由,而且也本该如此。它想回我这儿还是回你那儿,我想,就随它所好吧……只要你不介意的话……"

与左卫门微微一笑,看了一眼久太郎道:

"玉之丞,就拜托你多多费心了。"

"……实不敢当。"

久太郎向与左卫门深深鞠了一躬。

"今天就陪你玩玩吧。"

久太郎从怀里取出了那个常用的逗猫的玩具。

在玉之丞眼前晃一晃,玉之丞马上竖直了尾巴,兴奋地伸出爪子去抓。

这是新的一天的开始。

也是猫武士斑目久太郎的新生活的开始。

终 章

晴朗的天空下,河堤边货摊上写着"甜喵棒"的白幡随风飘动。

香甜幸福的味道笼罩着河岸一带以及那里的人们。

"瞧一瞧看一看!"

若菜那精力充沛的声音老远就能听得见。

"南蛮传来的名吃甜喵棒!香甜可口哦!"

今天的客人照样很多,若菜的生意很繁忙。

久太郎抱着玉之丞走了过来。

"啊,小玉呀!"

久太郎让若菜看看玉之丞,道:

"今后又要变热闹了。"

若菜不住地点着头,摸了摸玉之丞。

"太好啦,小玉!"

"……来两根甜喵棒。"

"好嘞,今天庆祝一下,这些全送给你啦。"

若菜把剩下的甜喵棒都装进纸袋子里,硬塞给了久太郎。

"哎呀呀,这……"

"你要吃多多的,好好工作好好挣钱才行啊。可不能让小玉饿肚子哦。"

"……也是啊。"

若菜诡秘地一笑,打趣道:

"今天变爽快了嘛。"

久太郎拿眼睛瞪了她一下,若菜哈哈大笑起来,久太郎也被她带得笑了起来。

◆

久太郎抱着玉之丞沿着街道往前走。

猫见屋前，阿七正在洒水。

"哎呀……又来你这里玩了？"

听阿七那语气，恐怕与左卫门已经把事情告诉她了。久太郎推测，加贺屋大概也已经是猫见屋的和服专供商了吧。

"……以后有什么事还得拜托你啊。"

"随时欢迎，不过费用我可不会少收哦。"

阿七笑着从袖兜里掏出了算盘，在久太郎面前晃了晃。

久太郎无奈地笑了笑，什么也没说，心想，太多我可付不起。

"啊，对了……"

久太郎从纸袋子里拿出了甜喵棒。

"这是若菜店里卖的。"

"哇哦，谢谢！"

阿七接过甜喵棒马上就咬了一口。

"真好吃！"

阿七笑道，久太郎也被逗笑了。

阿七边吃着甜喵棒边说道：

"真好啊，又能生活在一起了。"

"算是吧。"

久太郎故意显得很平静的样子。

"……就是嘛,家人就得要在一块儿嘛。"

"……"

久太郎嘴里没说,但心里认可了阿七的话。

久太郎回到长屋,发现五郎在门口似乎等候已久。

"啊,终于回来了。你夫人又托我带信了哦。知道你肯定还是把它丢进抽屉里……但今天我一定要把话和你说明了……"

没等五郎把话说完,嘴里突然被塞进了一个甜喵棒。

"唔?!"

五郎吃惊地睁大了眼睛看着久太郎。

久太郎的手放开了甜喵棒,但没有收回,而是将手掌朝上。

"唔?"

"噢噢。"五郎稍作思考后,把信放到了久太郎的手上。

久太郎什么也没说就进了屋里。

五郎"吧唧吧唧"地嚅动着嘴,不禁笑了笑离开了久太郎家门口。

久太郎回屋后把玉之丞放到榻榻米上,自己也坐下来展开妻子的来信，认真地读了起来。

久太郎：

　　你还好吗？家里一切都好。阿春精力旺盛得很，前几天还把一个健壮得像个小熊的男孩子给打败了，她因此非常得意。我还夸奖她说不愧是斑目久太郎的女儿。

静

久太郎的眉头舒展了。

随信还寄来了一张墨水画的画。大概是阿春画的吧，看起来像是久太郎的头像。

久太郎起身往猫见屋跑去。

要是在就好了……

久太郎要找的人是义一，碰巧正好在买猫粮。

"有件事拜托你一下。"

义一先是一惊，不过很快微笑着点了点头。

"什么事？"

"可以给我画一张画吗？"

"画？我的画吗？那作为报答，你能帮我把这个搬回家吗？"

久太郎点点头接过了猫粮，两人同时露出了笑容。

◆

五郎背着药箱子，穿过宁静的田间小道往阿静和阿春住的地方走去。

久太郎的家乡离江户很远，虽然五郎已经轻车熟路了，但还是走得很累。

而这次还比平常更觉得累，那是因为他的手里一直紧握着一封信。

不久，五郎走进了一户人家，刚把行李往走廊上一放，就见阿春跑了过来。

阿静也从屋里走了出来。

"哎呀，是五郎啊。"

"……"

五郎什么也没说，把信递到了阿静面前。

"是他的信？"

五郎用力地点了点头。

阿静接过信，开始读起来。

阿春也在一旁伸着头看。

阿静、春儿：

　　得知你们一切都好我就放心了。找工作的事比预想的延迟了些，不过我决不会放弃。相信不久就会有好消息传来。一个人生活还是花了很长时间才习惯的，不过，因为一个偶然的机会，我现在和一只叫作玉之丞的猫生活在一起，感觉也不错。哪天春儿见到了，一定能成为她的好玩伴……虽然现在住的地方很小，但你们什么时候也到江户来玩玩吧……

后面还有很长。

阿静看着看着，眼里噙满了泪水，脸上浮现出了喜悦的笑容。

五郎蹲到阿春面前，从怀里掏出了另一封信。

"今天小春也有信哦！"

"真的耶！"

阿春高兴地接过了信，马上打开来看。里面是一张义一画的久太郎和玉之丞的画。

"好难看的画！"

阿春天真地笑道。

阿静也忍不住笑了。

在这个院子里，幸福的一家人难得地又团聚了。

◆

原加贺藩剑术指导师，名曰斑目久太郎。

此时正独坐小屋中，那全神贯注的样子颇有一种吓人的气势。

无论多么穷困潦倒，手里的那把武士刀从不离左右，因为那是武士之魂。

在刀刃出鞘的那一刹那，他睁开双眼，右脚踏地，只见银光一闪，刀与人的配合达到了无比娴熟的地步。

他直起腰，随即砍下了第二刀。

就在刀刃完美入鞘的瞬间，稻草束整齐地断成了两截滚落在地。

无双一刀流真传的本领依然不减当年。

就在这时,听到"喵呜"一声。

那只白猫——玉之丞正懒洋洋地趴在身边。

面对丝毫没有紧张感的玉之丞,久太郎的气势也一下子泄了大半。

"像你这样无忧无虑多好啊……"

于是久太郎把刀立起来,也在旁边躺下了。

和玉之丞一起舒服地在地板上滚着。

那姿势正如一只自由自在的猫儿。

人送外号——猫武士。

玉之丞在柔和的阳光中睡着了,发出了均匀的鼻息声。

久太郎也困倦地打了个哈欠,闭上了眼睛。

独居江户城,无业又无钱,向阳处来打个盹,啊,有猫即晴天。

(完)